民国世界文学经典译著·文献版（第五辑：英国美国小说）

◆长篇小说◆

The prince and the pauper

王子与贫儿

[美] 马克·吐温（MarkTwain）著
李葆贞 译

SJPC
上海三联书店

图书在版编目(CIP)数据

王子与贫儿 / [美] 马克 · 吐温(MarkTwain)著；李葆贞译 .
—上海：上海三联书店，2018.4
ISBN 978-7-5426-5846-3

Ⅰ . ①王… Ⅱ . ①马… ②李… Ⅲ . ①长篇小说—美国—近代
Ⅳ . ① I712.44

中国版本图书馆 CIP 数据核字(2017)第 042008 号

王子与贫儿

著　　者 / [美] 马克 · 吐温(MarkTwain)
译　　者 / 李葆贞

责任编辑 / 陈启甸
封面设计 / 清　风
责任校对 / 江　岩
策　　划 / 嘎　拉
执　　行 / 取映文化
监　　制 / 姚　军

出版发行 / 上海三联书店
(201199)中国上海市闵行区都市路 4855 号 2 座 10 楼
电　　话 / 021-22895557
印　　刷 / 常熟市人民印刷有限公司

版　　次 / 2018 年 4 月第 1 版
印　　次 / 2018 年 4 月第 1 次印刷
开　　本 / 650 × 900　1/16
字　　数 / 260 千字
印　　张 / 17.5
书　　号 / ISBN 978-7-5426-5846-3 / I · 1219
定　　价 / 92.00 元

出版人的话

中国现代书面语言的表述方法和体裁样式的形成，是与20世纪上半叶兴起的大量翻译外国作品的影响分不开的。那个时期对于外国作品的翻译，逐渐朝着更为白话的方面发展，使语言的通俗性、叙述的完整性、描写的生动性、刻画的可感性以及句子的逻辑性……都逐渐摆脱了文言文不可避免的局限，影响着文学或其他著述朝着翻译的语言样式发展。这种日趋成熟的翻译语言，推动了白话文运动的兴起，同时也助推了中国现代文学创作的生成。

中国几千年来的文学一直是以文言文为主体的。传统的文言文用词简练、韵律有致，清末民初还盛行桐城派的义法，讲究“神、理、气、味、格、律、声、色”。但这也在一定程度上限制了情感、叙事和论述的表达，特别是面对西式的多有铺陈性的语境。在西方著作大量涌入的民国初期，文言文开始显得力不从心。取而代之的是在新文化运动中兴起的用白话文的句式、文法、词汇等构建的翻译作品。这样的翻译推动了“白话文革命”。白话文的语句应用，正是通过直接借用西方的语言表述方式的翻译和著述，逐渐演进为现代汉语的语法和形式逻辑。

著译不分家，著译合一。这是当时的独特现象。这套丛书所选的译著，其译者大多是翻译与创作合一的文章大家，是中国现代书面语言表述和中国现代文学创作的实践者。如林纾、耿济之、伍光建、戴望舒、曾朴、芳信、李劼人、李葆贞、郑振铎、洪灵菲、洪深、李兰、钟宪民、鲁迅、刘半农、朱生豪、王维克、傅雷等。还有一些重要的翻译与创作合一的大家，因丛书选入的译著不涉及未提。

梳理并出版这样一套丛书，是在还原中国现代文学史上的重要文献。迄今为止，国人对于世界文学经典的认同，大体没有超出那时的翻译范围。

当今的翻译可以更加成熟地运用现代汉语的句式、语法及逻辑接轨于外文，有能力超越那时的水准。但也有不及那时译者对中国传统语言精当运用的情形，使译述的语句相对冗长。当今的翻译大多是在著译明确分工的情形下进行，译者就更需要从著译合一的大家那里汲取借鉴。遗憾的是当初的译本已难寻觅，后来重编的版本也难免在经历社会变迁中或多或少失去原本意蕴。特别是那些把原译作为参照力求摆脱原译文字的重译，难免会用同义或相近词句改变当初更恰当的语义。当然，先入为主的翻译可能会让后译者不易企及。原始地再现初时的翻译本貌，也是为当今的翻译提供值得借鉴的蓝本。

搜寻查找并编辑出版这样一套丛书并非易事。

首先确定这些译本在中国是否首译。

其次是这些首译曾经的影响。丛书拾回了许多因种种原因被后来丢弃的不曾重版的当时译著，今天的许多读者不知道有所发生，但在当时确是产生过一定的影响。

再次是翻译的文学体裁尽可能齐全，包括小说、戏剧、传记、诗歌等，展现那时面对世界文学的海纳百川。特别是当时出现了对外国戏剧的大量翻译，这是与在新文化运动影响下兴起的模仿西方戏剧样式的新剧热潮分不开的。

困难的是，大多原译著，因当时的战乱或条件所限，完好保存下来极难，多有缺页残页或字迹模糊难辨的情况，能以现在这样的面貌呈现，在技术上、编辑校勘上作了十足的努力，达到了完整并清楚阅读的效果，很不容易。

“民国世界文学经典译著 · 文献版”首编为九辑：一至六辑为长篇小说，61种73卷本；七辑为中短篇小说，11种（集）；八、九辑为戏剧，27种32卷本。总计99种116卷本。其中有些译著当时出版为多卷本，根据容量合订为一卷本。

总之，编辑出版这样一套规模不小的丛书，把世界文学经典译著发生的初始版本再为呈现，对于研究界、翻译界以及感兴趣的读者无疑是件好事，对于文化的积累更是具有延续传承的重要意义。

2018年3月1日

[美]馬克·吐温（MarkTwain）著　李葆貞　譯

王子與貧兒

中華民國二十六年十一月初版

目錄

第一章　王子的誕生與貧兒的出世……一
第二章　湯姆的幼年時代……三
第三章　湯姆與王子相遇……一〇
第四章　王子起頭遭難……二一
第五章　作了王子的湯姆……二六
第六章　湯姆受教……三七
第七章　湯姆第一次御宴……四六
第八章　國璽的問題……五一
第九章　御河盛況……五五
第十章　難中的王子……五九

第十一章　在市政廳……………………………………七一
第十二章　王子與他的解救人……………………………七七
第十三章　王子的失蹤……………………………………九〇
第十四章　『老皇升天新皇萬歲』………………………九七
第十五章　湯姆的王政……………………………………一一三
第十六章　國宴……………………………………………一二八
第十七章　『呆子國王頭號傻瓜』………………………一三二
第十八章　跟着流氓走的王子……………………………一四六
第十九章　在農婦的家裏…………………………………一五七
第二十章　王子與隱士……………………………………一六五
第二十一章　漢登解救王子………………………………一七四
第二十二章　詭計下的犧牲………………………………一八一

第二十三章　王子作囚……一八八
第二十四章　逃……一九三
第二十五章　漢登堂……一九八
第二十六章　否認……二〇八
第二十七章　在監獄裏……二一四
第二十八章　犧牲……二二六
第二十九章　到倫敦去……二三〇
第三十章　湯姆的進步……二三三
第三十一章　御駕出巡……二三六
第三十二章　加冕日……二四三
第三十三章　愛德華稱帝……二五六
結束　賞罰分明……二六四

王子與貧兒

第一章　王子的誕生與貧兒的出世

當十六世紀中葉某年的一個秋日，在古老的倫敦城內，一家姓康梯（Canty）的貧苦人家生了一個並不需要的孩子。同日，一家姓鐸爾（Tudor）的大富之家也產生了一個企望正殷的男兒。全英國也同樣的需要他。英國早就希冀着，等候着，並家家祈求着上帝祝福他的誕生，而今他果然來了，大英國民眞快樂得幾乎發瘋。只要熟人相見便彼此擁抱，接吻，歡呼。那一日起人人休假，而且無論貧富高下，各級人民皆夜以繼日地宴客，跳舞，歌唱，大有舉國若狂的形勢。日裏，倫敦城的一番景象眞够瞧的，各家的露臺上、屋頂上全懸着鮮艷的國旗，因風招展，大街上招搖過市的是各式煌煌赫赫的隊伍。晚間，雖熱鬧是一樣地可觀，但氣概又是一番，只見各個街角巷尾都舉放着絕大的祝火，團團聚着遊人歡呼笑樂。全英國不談別事，只論這新生的嬰兒，都鐸爾愛德華，威爾斯的王子，他如今正渾身裹着絲綢，對於外面這一切騷動無絲毫感覺，也不知道那班大臣們貴婦們來侍奉他，照料他；而他也不注意這些。但另一個叫康梯湯姆的嬰兒，渾身包裹着破絮，除了他出世的那家窮父母兄姊嘆息着又多一口人喫飯外，別無一人過問。

第二章　湯姆的幼年時代

話要說回去若干年。

那時候，倫敦已有一千五百餘年的歷史，而且是當日的一座大城。內有居民十萬——但也有人以爲是二十萬。街道窄狹，彎曲，汚穢，尤其是康梯湯姆居住的一區，那兒離倫敦橋不遠。房屋是用木料造成的，二層樓突出於第一層之外，第三樓的角隅又凸出於二樓之外。房屋愈高愈寬大。屋的骨架都是十字形的堅木架成，中間加以別樣硬幫的質料，外面再塗以灰泥。屋主人按照自己的喜好，將木樑塗上各種顏色，有紅有藍有黑，因此那一帶的房屋看上去都是富於畫意的。窗洞極小，嵌上一塊像金鋼石大小的玻璃，窗門是向外開的，裝着像門上用的一般的鉸鏈。

至於湯姆父親所住的屋子是在布丁街外面叫作垃圾場的一區汚穢窩裏。房屋不但狹小，而且凋蔽欲倒，但裏面卻裝滿貧窮困苦的人家。康梯一家佔着三層樓上的一間屋。父親和母親在角隅有一張所謂牀的牀；但湯姆，他祖母，和他兩個姊姊，貝特，和蘭都是無定所的——他們有的是地板，愛睡那兒都成。家裏有剩下的一兩張被單，幾束古舊汚穢的乾草但這些可不能就叫着牀鋪，因為這些從未加以組織，通常他們總是在早晨踢成一堆，晚上各人又選擇一樣去睡覺。

貝特和蘭是一胎雙生姊妹，今年已是十五歲。他們是好心眼的女孩兒，不清潔，衣敗絮，十二分的呆笨。他們的母親與他們一樣。但父親與祖母卻是一對惡魔。他們逢酒便喝，喝醉後便彼此相打，或誰倒霉碰着他們的道兒也必捱他們的打；他們不問是酒醉是清醒，總是整天的咒罵發誓；康梯約翰是個賊；他母親是乞丐。他們已將兒童們變成乞丐，也想叫他們做賊，但未成功。因這許多可怕的惡人中間住着一位善良的老牧師，他是有王命叫家家戶戶出幾個小「發丁」(Farthing)（註——發丁等於一便士的四分之一）以供養着他的，他常將孩子私自叫過一邊來教他們做正事。除此安德盧神父還教湯姆一點拉丁文，又教他讀寫；他也想同樣地教那兩個女孩，但他們卻怕那班會嘲笑人的女朋友們，他們是不能忍受學那種奇怪的文藝的。

不但康梯家如此，凡垃圾場所住的人家皆是如此。醉酒，喧囂爭吵是那邊的秩序，每晚如此，而且一夜到天亮都是如此。那邊之打破腦袋，同饑餓一般普通。縱或如此，小湯姆並不感覺如何不快樂。他過得很苦但他不知道。因爲垃圾場的男孩們都過着同樣的生活，所以他以爲一切都是正確而適當的。有時他晚上空着兩手回家，他知道他父親先要將他咒駡一頓，鞭撻一頓，完畢之後他那惡祖母再重新來過，而且更要厲害些；如此到半夜裏他那忍着餓的媽媽方偷偷摸到他身邊給他一點是她餓自己肚皮留下來的食物屑，雖她常因偷幹此事而被她丈夫毒打，她仍然不顧。

不，誰說湯姆的生活痛苦，他過得非常順心適意，尤其在夏天。他每日僅乞得够自己的便罷，因爲逼緊兒童行乞是有干法律的，而且科罰很重；所以他用自己許多時候去聽安德盧神父講種種引人入勝的關於大人，神仙，侏儒，魔宮，以及華貴的皇帝王子等的故事和傳說。慢慢的，他腦子裏裝滿了無數奇怪的事情，往往當他黑夜裏躺在那一小塊刺人的草鞹上，又倦又餓又鞭笞處作痛時，便幻想自己是過着一種住在皇宮內爲人寵愛的王子生活，因此疼痛和苦痛都一齊忘記化入美麗的畫面中去。有一種願望日夜都鑽到他腦子裏來；便是親眼看見一位眞正的王子。有一次他將這心事說給垃圾場的幾個伴童聽；但他們毫不留情地將他嘲笑辱駡了一大頓，以致他後來再不敢和別人提，僅留在自己的睡夢裏。

他時常抱着牧師的舊書閱讀，請他講解指撥。而他的幻夢和閱讀竟漸漸地改變了他。他睡夢中的人物都是如此的優美可愛，因此他漸漸爲自己的蔽衣，不潔而感着傷悲，希望能變成淸潔，並穿得好一點。雖然他照舊喜歡享受頑汚泥的樂趣，但泰姆斯河邊，對他不僅僅是可以戲水場所，而加上了一層能洗物叫東西淸潔的價值。

湯姆常能在「五月旗桿」處以及市集處發現一些新奇事；不時他也能與其他倫敦城的人一同有機會瞧軍隊鎭壓着些有名的不幸人，或是船或是車送到大堡的囚牢中去。有一個夏天，他看見不幸的阿斯克恩(Anne Askew)和三個男子一同綁在斯密司地的柱上用火活活燒死，還聽見一位主教向他們宣道，可是那個宣講對他沒有興趣。是的，湯姆的生活，總括一句，是很複雜而够愉快的。

漸漸的，湯姆閱讀中和睡夢中的王子生活對他發生了極強烈的影響，無意中他竟扮作起王子來了。他的言語態度變得出奇的合儀合禮，親近的朋友們都感着極大的興趣，以褒讚。但湯姆對這班小朋友的影響，也從此與日俱長；久而久之，他們竟以一種希奇的敬意仰望他，當他是高人一等的。他好像懂這麼多的事！他能說出做出這麼了不得的事！他又這麼深沈，這麼聰明！由此湯姆的言語行動由孩子們傳給他們的大人；大人大人也起頭談論着康梯湯姆，當他是天才，是不同凡響的人物。他們有時也將他們的疑難拿來請教他，總常常因他的智慧機力而驚異。事實上，湯姆已變成凡認識他的人的英雄——祇有他自己的家庭一點也不知道他。

過一向時，湯姆竟私立組織了一個小朝廷；他本人是王子；他的伴兒分作庭衛，御侍，御馬司，以及近侍的大臣貴婦們，和皇室家庭。每日這位假王子應接許多從書本上借來的隆重儀禮；每日假王朝開御前會議，討論國家大事，每日這位假君王發御旨給他幻想的陸軍，海軍以及總督等。

這一套完畢之後，他依然穿着他的破衣服，沿街討幾個小「發丁」，喫一點碎殘食屑，忍受習慣上的拳頭和侮辱，然後伸直腿躺在那一塊巴掌大的汚濁草韉上，再在夢中證實他虛空的偉大。

而且他那要親眼見一眞正王子的慾望，逐日逐星期他在他心裏增強起來，最後竟鎔化一切其他的企望而變成他生活中的唯一的奢求。

有一天，是個正月裏，他照常在外面行乞，沿着蒙心街(Mincing Lane)和小東街(Little East cheap)中間的路失望的來回蹀躞着，一點鐘又一點鐘，光着腳巴，冷不可耐，望着點心鋪的玻璃窗巴不得能得一塊陳列在那兒的豬肉糕以及別樣食品——那些東西他由嗅覺判斷是宜於供奉安琪兒的——他是從沒有那種運氣能自己主有一塊而可以喫的。其時正落着微微的冷雨。空氣很陰霾，是個悶鬱的天。到了晚上，湯姆又濕又倦又餓的回到家裏，便是他父親和他祖母見他那般狼狽不堪，困苦欲絕的情形，也不能不動一動強盜心——祇給他一掌便打發他去睡。自己的痛苦饑餓以及鄰室的打架，發咒叫他長久不能睡熟；但最後，一切雜慮都消盡，身心都進入遙遠而奇幻的夢地去，裏面相處的人物都是戴御珠寶璀璨閃灼的王子們，住在偉大的宮殿內，面前列有會致敬禮及有呼喚便立刻飛奔而去的僕傭。而且，照例的，他夢見他也是王子中間的一位。

一夜他都包圍在皇室的尊榮裏；他週旋於大臣貴婦之中，接觸的是寶光，是香氣，醉飲的是無上妙樂，應答的是閃灼羣衆的敬禮，他們讓道兒給他走，他也就對東邊笑一笑或對西邊點一點他王子的頭。

當早晨夢醒時，他望一望週遭的不幸，他的夢境照常施行牠的效力——便是叫環境的鄙陋映深了一千倍。後來的又是苦痛，碎心眼淚。

第三章　湯姆與王子相遇

湯姆餓着肚子起身，又餓着肚皮出去行乞，但隔夜夢中繁華尊榮的餘影，仍然叫他的思想很忙碌他在城裏從這兒遊蕩到那兒，既不注意是向何處走，也不曾留神身旁所發生的事。路人推撞他或是向他發出粗暴的言語，但這一切於這心有所注的孩子都無動於中，漸漸的，他已到了巴廟(Temple Bar)，離家已經很遠了，向那條方向走，這麼遠在他還是第一遭。他停下來凝神了一會，復又墜入幻想中去，行行復行行竟步出了倫敦城外。那時的斯春特路已不復是鄉村大道，而自居爲街道，但爲街道的構造卻是很牽強的；因爲雖一邊有一排一排尙堅實的房屋，但另一邊僅零零落落點綴了幾座富貴人家的大廈，連着廣闊美麗的地面直延伸至河邊——如今這些地面都包圍着一垣一垣的短牆。

湯姆發現自己已到了卡雲村(Chaing Village)便在一座美麗的十字架前坐下休息，那十字架是早年一位被迫退位的帝王建築的；然後又順着冷靜可愛的小路走去，經過高大整列主教長的宮殿，便走近一更加莊嚴更加偉大的宮殿——威斯敏斯特。湯姆忽然看見大量的石刻，旁分的翼翅，攢簇的稜堡與尖塔，龐大的石門以及鑲金的欄木，一行行的花岡石的大石獅子，和其他皇室的徽象等不由又驚又喜。是他的希望到底要滿足了嗎？這兒，的確是皇帝的宮殿呀。他能不盼望如今在這兒見到一位有血有肉的王子嗎？若上天是允許的話。

鍍金宮門的兩旁立着兩尊活的石像，那就是說，是全身武裝，筆直，嚴肅不動的人由頭到腳都閃耀着鋼質盔甲。在一段距離之外，好些鄉下人以及由倫敦城趕來的人，都在那兒恭候一個得以見見皇室風光的機會。漂亮的馬車，裏面坐着華貴的人們，外面立着神氣的傭僕，都在其他許多通入皇宮的大門內進進出出。

可憐穿着襤褸衣服的小湯姆走近了，柔順地徐徐經過了幾個崗衞，心頭滿了希望卻撲通撲通的飛跳，忽然之間從金欄柵內望見了一種景象，他幾乎喜歡得要大叫出來。原來那裏面是個俊秀的男孩，因戶外運動將他曬得皮膚黃黃的，他穿着可愛的絲綢衣，閃耀着珠寶；腰下掛着珠寶裝飾的短刀足上是華貴的半靴，後跟是紅色的；至於頭上是一頂深紅色搖舞作勢的便帽滿垂着毛羽還有一片極大的閃亮寶石。他旁邊立着許多漂亮的老爺們——無疑的是他的傭人，哦！他是一個王子——一個活王子，一個眞王子——一點問題都沒有的；到底這貧兒心裏的禱告是答應了！

湯姆的呼吸因爲興奮的緣故更加短促而加快起來，眼睛也因爲驚喜而變得又圓又大。此時的心裏，其他念頭都一掃而空，僅有一個願望：那便是走近皇子身邊去將他拚命望個仔細。他自己還不知道是怎麽一回事時，他的臉竟在大門的欄木上觸了一下。立刻他被一個兵莽撞的向外一把拉牢，一路轉着他直送到鄉下人及倫敦的看閒人那裏。那兵士說道：

『這麽沒有規矩，小叫化子！』

那一羣人不禁大笑；但那少年王子忽地滿臉怒色的飛到門口叫道：

『你怎麽敢那樣對待一個小苦孩子！你怎麽敢那樣對待我父親最低微的百姓！門開開，讓他進來！』

你看罷，那一刻三變的羣衆立刻抹去帽子。一齊歡呼道：『威爾斯太子萬歲！』

於是兵士們一齊舉起斧戟致敬，開了門，又致敬讓貧窮的王子穿着百結蔽衣，和無限止豐富的王子手攙手的進去。

都鐸爾愛德華說道：

『你是又倦又餓的樣子；他們又待你不好。跟我來罷。』

不用說，立刻有五六個侍從都上前來干涉但王子作個手勢，他們便又浪一般的退到原來的地方去，屏立着像幾尊石像。愛德華將他引進皇宮中一間富麗堂皇的房內，他說那是他的內房。在他的命令之下立刻送來幾盤點心，那是湯姆除了在書本上平生從未見過的。王子究竟出身高貴知道體恤，便遣開一切傭僕，免得他低微的小客人因他們批評似的立在旁邊而感着不安；隨後纔坐近他的身旁來，看着他喫，一面問他的話。

『孩子，你叫甚麼名字？』

『我叫康梯湯姆先生。』

『這名字倒古怪。你住在那兒呢？』

「在城裏，先生。布丁街出去垃圾場。」

「垃圾場！的確，那又是一隻古怪名字。父母有嗎？」

「父母都有，先生，還有一個我也不在乎有無的祖母，若這句話說錯了求上帝饒恕——還有兩個雙胞胎的姊姊，一叫貝特，一個叫蘭。」

「那麼我猜你祖母對你不見得太好，是不是？」

「他嗎，他待誰也不好，陛下。她有個壞心腸，整天都在做壞事。」

「他惡待你嗎？」

「他嗎，醉酒的時候，睡覺的時候手是停的；但他一清醒了，馬上就捶我一大頓。」

王子一聽說不由眼睛裏露出兇光來，喊道：

「什嗎！捶你嗎？」

「哦，不假，是的，先生。」

「捶你！——你這麼脆弱這麼瘦小。你聽着：今晚以前要他送到大囚堡裏去。我的父皇——」

『但不過，先生你忘記了，他是下等人。大囚堡是爲大人物的。』

『的確不錯。那層我沒想到。我總要定他的刑罰。你父親對你好嗎？』

『比祖母也好不了多少，先生。』

『天下父親總是一樣的，也許。我父親的性情也不佳。他打我極重，但他又愛惜我：不過老實說他愛惜我不光是在嘴上。你媽媽待你怎麼樣呢？』

『她很好，先生，她既不叫我難受也不給我痛苦甚麼的。蘭和貝特在這一點上也是像她的。』

『他們兩人幾歲哪？』

『十五歲了，先生。』

『我的姐姐，以利沙伯小姐今年十四歲，我的表姐桂琪恩小姐同我同年，他們都同樣的溫文雅靜；但我還有一個姐姐瑪利小姐她卻有點憂悶的態度而且——喂，我問你；你的姐姐也不許他們的傭人笑，否則罪就破壞了靈魂嗎？』

『他們嗎？哦，先生，你想他們還有傭人嗎？』

小王子將小貧兒凝視了一會說道：

『請問，爲什麽沒有呢？那早晚誰代他們上裝卸裝呢？』

『沒有，沒有，先生。他們還能脫去袍子睡覺像野獸一樣嗎？』

『那難道他們只有一件袍子嗎？』

『噢，我的好王子，他們要多了有甚麽用？他們每人只有一個身體呀。』

『啊，這眞是一個古怪不可思議的念頭。對不住，我並不存心笑你。但你那好姊姊蘭兒貝特快就要有衣服傭人了：我要吩咐掌庫辦這件事。你也不必謝我，這是小事情。你說話說得很好，很文雅。你讀過書嗎？』

『先生，我不知道算是讀過沒有。那好牧師我們喊他安德盧神父的，教過我一點兒書。』

『你會拉丁文嗎？』

『只有一點點，先生。』

『學罷，孩子：那不過在起頭的時候難。希臘文比較難一點；但不問那一種東西要以利沙伯小姐和我表姐去讀總是難的。你沒聽見過那些姑娘們唸的那勁兒哩！但你再說那垃圾場給我聽。你在那兒的生活快樂嗎？』

『說老實話，先生，若不是餓得很難受的時候，那兒是很好玩的。你看又有木頭人戲，又有耍猴子——哦，那畜生倒有多滑稽呀！穿了那一套神氣的衣服！——傾起來都是一齣一齣的戲，又喊又打，後來就都打死了，這麼好看的只要一個小「發丁」，但就是一個小「發丁」也不容易得到哩，王子。』

『再說，再說多一點。』

『我們垃圾場的孩子們又常拿着棍子打仗，就像那些學徒的一樣。』

王子的眼睛發亮了，他說：

『那不是我不喜歡的呀，再說多點。』

『先生，我們又有打仗比賽看誰最快。』

『那我也歡喜。再說下去。』

『在夏天呢，我們就在河裏池裏游泳，各人將別人按下水去，又濺水在他身上，又潛水，又大叫，又翻觔斗，又……』

『就將我父親的國家去換一次這種樂趣也是値得的呀！你再說下去。』

『我們又常圍着五月旗桿唱歌跳舞，我們又常在沙土裏頑耍，各人將別人用沙蓋起來；有時候我們又弄爛泥漿——哦那可愛的泥漿，世界無物可比：——我們簡直在泥裏打滾，先生，那眞有意思極了。』

『哦，你別說了罷，簡直太有趣了！我只要能穿一下像你那樣的破衣裳，光着脚，在泥漿裏滾他一次，也只要一次，不要甚麼人跟在旁邊禁止我，我就扔棄王冠也行呀。』

『假使我也能，好先生，穿一回你那樣的衣裳——也只要一回也就——』

『哦呵，你喜歡我的衣裳嗎？那可以辦到呀！剝下你的破絮來，穿上這好的，孩子！這是短短的快樂呀，但我們一定得小心。我們先換穿一會兒，等人還未來打麻煩時我們就再換上。』

數分鐘以後，小威爾斯王子已經換上湯姆那一套破布片，而貧窮國的王子也換上華貴的天冑皇服。於是二人一齊走到一架大的穿衣鏡前，哦，一件奇蹟他們像是根本並未換裝一樣！他們兩個你望望我，我又望望你，又大家望望鏡子，最後又彼此互望。最後那滿腹狐疑的王子開口道：

「你這是怎麼弄的呀？」

「啊，好王子，不要問我能這不是我這樣身份的人應該回答的。」

「那麼我來說。你有同我一模一樣的頭髮眼睛，聲音，態度，高矮胖瘦，以及面容外表。假使我們都脫光，恐怕沒有人能分別出誰是你，誰是威爾斯王子哩。而且，現在我穿上你的衣裳，似乎更能體貼你的剛纔被那兇惡兵士欺侮時的心情了——啊，這在你手上的不是傷痕嗎？」

「是的；但這是小事王子知道那可憐武裝的人——」

「算了罷！那簡直是一件殘忍可恥的事！若是父皇——」王子頓着光足喊着。隨又說道，「你一動也不要動，一直等我來！這是我的命令！」

轉眼之間他已從桌上抓起一樣傳國重寶，放在一處，人卻從門口飛奔出去，搖舞着一身碎布片穿過御草地，滿臉緋紅，兩眼發光。及至到了宮門口，他抓着欄木，搖着叫道：

『開門將大門拔拴！』

那欺侮湯姆的兵士立刻將門開開；王子衝出門來正因大怒而開不得口時，那兵士忽然上前給他一個大耳光，旋得他多遠，直到大路邊，又聽他說道：

『送給你這個叫化孫子，算是報答你剛纔給我的好處！』

羣衆鬨然大笑。王子從汚泥裏掙扎起身，狂怒喊道：

『我是威爾斯王子，我是神聖的身份，你敢打我你一定要絞死！』

那兵士舉起斧戟來行個禮，嘲笑道：

『我在這兒致敬了，東宮太子。』隨又怒喊，『快滾，你個瘋化子！』

這兒有那班弄閒人走過來圍着可憐的王子，將他一路推擁多遠，又叫囂道：『迴靜御道呀！威爾斯皇子駕到！』

第四章　王子起頭遭難

經過數小時的追逐和虐待之後，那班惡人丟了小王子獨自一人，自管揚長而去。起先，小王子還能向那班亂民發怒，打起御用的官話嚇唬他們，發出御用的諭旨命令他們，但這一切都是他們嘲笑的材料，他們完全拿他大開玩笑；但最後悲痛絕望叫王子靜默下來，那班捉弄他的人也覺得膩了便自別處找樂兒去。這時王子向週遭一望竟不知身在何處。他所僅僅知道的一點，便是他已在倫敦城裏。他毫無目的的向前移動，漸漸房屋也稀了，行人也少了。他將出了血的腳在河裏洗了一下，休息一會，又向前行，最後走到一處大空地，疏疏落落點綴了幾間房子，還有一所極大的教堂。他一看見就憶起這教堂與他的關係。如今此處正實行大修理，各處棚架高搭，木匠瓦匠泥水匠等，川流不息的往來工作。王子不由心一定——他覺得如今災難滿頭了。他和自己說道：『這是古黑衣僧的教堂，我父親從和尚那兒要來永遠充作貧而無依的孩子們的收留所的又新起名叫基督教堂。當然他們要樂於招待對他們這麽鴻恩厚施的施主的兒子了——而且那兒子是比收留在這兒的人還要窮苦顚連萬倍哩。』

不久他就走進一羣孩子中間，他們正在玩奔跑跳躍，玩球，跳青蛙等各種遊戲，鬧聲喧天。他們的服裝都是一式，而且就是當時流行於傭人與學徒等之間的服飾——那就是各人都在頭頂上戴了一頂彷彿茶盤大小的扁平黑帽，因爲容積只有那麽小，因此旣不適於遮擋又不美於裝飾，帽下的頭髮一直梳到前額的正中間，齊齊剪平頭際圍了一條像牧師用的帶；一件緊緊合身的藍色長袍直掛到膝蓋下；滿袖；一根寬的紅腰帶，淡黃色襪直吊到膝蓋以上平底鞋，大鈕子。總之那服裝是奇醜不堪。

那班孩子們停止了遊戲，立刻圍攏了王子，王子莊嚴的說道：『好孩子們，去告訴你們所長說威爾斯王子在這兒要同他說話。』

立刻一陣喧囂應聲而起，其中一個大膽的孩子問道：『嗨，你是王子的報信人嗎，小叫化子？』

王子的臉馬上氣得通紅，伸手就去腰下摸寶刀，但摸個空。立刻又是一陣鬨笑，有個男孩說道：

『你們看見沒有?他以爲他有把刀哩——似乎他以爲他自己就是王子哩。』

這一句俏皮話引起更大的笑謔。可憐的愛德華挺着身子驕傲的說道:『我就是王子;但不想到你們受我父親恩惠多少,卻這般對待我。』

他們聽了,祇更笑更樂。第一個說話的男孩又叫道:『呵,你們這班蠢豬呀,奴才呀,囚犯呀,規矩到那兒去哪!跪下那狗腿來參見我們的王子!』

果然嘻嘻哈哈的,他們一致屈膝,向他們的俘虜行嘲弄的參謁禮。王子將最近自己的男孩踢了一腳,兒猛的說道:『你小心點,明天我要給你製造一架絞架!』

啊,這可不是一個笑話——大家立刻笑聲收斂,換了一付惡腔。五六個人齊聲喊道:『拖他到飲馬池去,到飲馬池去!狗在那兒哪?呵,獅子來!這兒呵,芳兒來!』

此後便跟着來了英格蘭從未發生過的事情——神聖的當今皇帝的哲嗣被傖夫小兒的手粗蠻的一路摑擊着,還有狗跟着狂吠狂咬。

不久,黑夜降臨,王子發現自己已在城中最偏僻的一區。他的身體打傷了,雙手流着鮮血,破衣片也沾汚了好些爛泥。他一步一步地向前閒盪着，愈來愈覺昏亂，加之疲弱交迫，最後幾乎舉步都難了。他索性停止詢問一切，因爲不但問而無益，而且任何人對他都報以惡聲惡氣，他只繼續的口裏唸道，『垃圾場——那就是地名；只要我有精力能不致仆倒在路上以前趕到那兒我就有救了——因爲他家裏人一定會將我送到皇宮裏去證明我不是他們家裏的人，而是眞的王子，那我就可以恢復本來面目哪。』他不時又想着基督醫院孩子們對他粗暴的待遇，說道：『等我做皇帝時，他們除了麵包房屋之外還得給他們受書本上的教育；因爲肚子飽，心裏空。一點用沒有。我要將今天的事刻刻存在記憶裏面，不失去今日所得的教訓；因爲學問可使心腸變柔和，並培植溫文仁慈的美德。』

燈火已在各處閃灼，風也來了，雨也來了，夜的沈黑罩滿人間。無家可歸，無屋可投的英王王子仍然躑躅獨行，漸漸深入到一些汚濁不堪的迷徑中了，那兒是窮困苦惱的總匯合所。

忽然一個醉漢揪着他的衣領道：『又是到這麼晚不帶一個小錢回來，是嗎？要是眞的，看我不把你這幾根瘦骨頭折斷我也不是康梯約翰了。』

王子旋脫他的手腕，不顧一切竟撲上他的肩頭熱切的問道：『哦，你就是他的父親嗎？謝天謝地——那麼你一定願意將他帶走把我送回去了！』

『他的父親？我不懂你是甚麼意思；我只曉得是你的父親，——』

『哦，你不要取笑吧，不要說謊吧，不要躭擱了罷！——我累死了，我渾身的傷，我再受不住了，帶我回到皇帝我父親那兒，他準會叫你變成財主，你夢想不到的財富。你相信我，相信我罷！我是不說假話的，我說的只有眞話？——伸出你的手來拯救我罷！我眞的是威爾斯王子！』

那人低下頭來向孩子莫明其妙的望了半晌，搖搖頭咕噥道：『難道湯姆發了瘋嗎？』隨又一把提着他的領子，粗鄙的發出一聲笑咒了一句說道：『不管你是瘋還不是瘋，我同你奶奶總要找出你骨頭是那一處軟，否則我不是人！』

說完之後他提着險些瘋狂而掙扎着的王子就走，轉眼消失於一大院內，裏面盡是快樂吵鬧的一羣惡徒。

第五章　作了王子的湯姆

康梯湯姆獨自留在王子的私室裏，儘量利用他千載難逢的時機。他先在穿衣鏡前來回踱着方步，讚賞那一身皇服；繼而又走開去，模仿着王子高貴的風度，又回頭望望鏡子看結果如何。此後又拿起美麗的寶刀來，鞠躬也似的捧起刀葉吻一下，隨即橫放胸口，像五六星期以前看見一位武士向大囚堡的守備行禮時的儀式一樣。他又玩玩掛在大腿旁的滿鑲珠寶的短刀；繼而考查屋內珍奇而美好的裝璜；再而將每個價値連城的椅子都去坐一下，心裏想若此時有垃圾場的甚麼人進來張一下，他要有多麽得意啊。他想不知回家時，將這些拍案驚奇的故事告訴人，他們會不會相信，或許他們祇搖搖頭，說他過敏的幻想以致理智都失了？

半小時之後，他忽然驚悟王子已去不少的時候了；他立刻感覺到有點寂寞；於是他靜聽着外面，也不再玩身旁的美麗什物；漸漸的他覺得不安，繼而不寧再而覺得窘迫了。假設有人進來，見他穿着王子的衣服將他捉去，而無王子在旁邊加以解釋怎麼辦呢？也許他們先就將他絞殺然後再追問案情也是可能的呀。他聽說大人物們辦小事總是爽快的。他的懼心一點高一點；最後抖着輕輕起來開了通到前門的門，打算逃跑出去尋找王子，叫王子解救他。但剛出門便有六位像老爺般的傭人，還有兩位年青身份高貴的書僮穿着得像花蝴蝶一般，都立起身來向他低低行下禮去。他嚇得連忙退進屋內，說道：

『哦，他們在揶揄我！他們一定要去告訴了。哦！我爲甚麼到這兒來送死呢。』

他在房裏走來走去，心裏滿了無名的恐懼，豎着耳朵聽，一有小聲響便驚嚇一下。忽然門大開，一位綢衣小廝進來報告道：

『桂琪恩小姐到。』

說完門閉上了，只見一位甜蜜蜜的少女，穿着綾羅錦繡，跳躍着到他面前。但她忽然停止，用一種很痛惜的聲調說道：

『哦，殿下，你不舒服嗎？』

湯姆那時幾乎呼吸都停了，但他掙扎着說道：

『啊，求你開恩吧！實實在在的我不是殿下，我祇是可憐的康梯湯姆，住在城裏的垃圾場。求你讓我見見王子，讓他開恩發還我的破衣裳，並且叫人不要害我。哦，你開恩救救我吧！』

說着他雙膝跪下，雙目仰視，雙手高舉，做出一付十分迫切的模樣。那少女卻似乎駭昏了。她呼道：

『哦，殿下，你對我下跪嗎？』

於是她連忙飛跑出去；這邊湯姆覺得絕望之極，不由向地下一倒，喃喃地說道：『這就完了，這就完了。他們現在要來拉我去了。』

不說他這兒駭昏在地上，卻說可怖的消息立刻傳佈了宮中內外。竊竊喳喳的耳語，由傭僕到傭僕，由大臣到貴婦，凡走廊中，層樓上，客廳裏都傳播的是『王子發瘋了，王子發了瘋了！』不久，每座客室裏，每座大理石的大廳裏都擠滿了光亮閃灼的大臣們貴婦們以及其他位置較低的人們，都一致懇切的嘰嘰喳喳談這件事，各人臉上都帶着驚惶之色。正談之間，忽然一位服裝漂亮的官員進來一路嚴肅地報告道：

『皇帝有諭旨吩咐勿聽虛渺愚蠢之謠言，並停止討論，更禁向外宣揚。欽此欽遵！』

報告之後，耳語頓消，大家噤若寒蟬。但不久走廊裏又是一陣騷動，指點着說『王子！看王子來了！』

可憐的小湯姆一步一步挨向前來，對着兩旁低身俯首的人們很想點頭還禮，一付迷亂而傷悲的視線柔和地望着這如同五里霧中的環境。走在兩旁而扶掖着他的是大的貴族們，跟在後面的是皇家御醫以及幾個傭僕。

最後湯姆見自己到了一間極華貴的大廳，聽見門跟着就關上了。圍繞着他的就是一路跟着他進來的幾個人。

離他前面不遠處，斜倚着一位塊頭很大而且很肥胖的人，有一付闊大像果子醬的臉蛋，以及一付很利害的表情。他的大頭已成灰色；一臉的連腮鬍子也是灰色。他的衣服原是極精緻的質料但已舊了，而且有幾處已經有了輕微的硬傷。一條擱在軟墊上的腫腿是用布包着的。如今一切都是沈靜的；除了這男人之外，別人的頭都是齊齊低下不敢仰視。這位兒樣兒的病人便是可怕的亨利第八。他說——說的時候他變得很柔和。

『你怎麼哪，愛德華，我的王兒殿下？你是不是騙騙你的好父皇，愛你待你好的父親，和他開個玩笑嗎？』

可憐的湯姆正用着全付精神來聽他講話，但他一聽到『父皇』兩個字立刻面無人色雙膝跪倒，好似一槍擊中的模樣。他高舉雙手悲呼道：

『你就是皇帝陛下嗎？那我就眞眞沒有命了！』

這一句話不免叫皇帝喫一驚。他無主的從這人臉上望到那人臉上，最後迷糊的又望着立在他前面的孩子。最後他深深失望的說道：『嗄，我先還不相信謠言之眞的；但現在可不然了。』他重重嘆了一口氣於是又柔和的說道，『到父親這兒來，孩子；你不舒服着哩。』

當卽有人扶着湯姆起來，送他到英國皇帝那兒，但他只嚇得發抖。皇帝雙手捧着那一張驚惶滿面的臉蛋，柔和親愛的望了一會兒，又將他黃髮微曲的頭倚靠着自己胸前，輕輕拍着。最後他說道：

『孩子，你還認識你父親嗎？不要叫我老人家心裏難過；你說你認識。你一定認識我，可不是嗎？』

『嗒；你是我可畏的天皇上帝所保全的！』

『對，對——那好了——定定心，別抖嗦的這麼利害；這兒沒有人敢傷害你，這兒的人祇是愛你。你現在好一點兒哪；你那惡夢醒了——不是嗎？你現在知道你自己了，不是嗎？你現在不會叫錯你自己像他們說你方纔一樣了罷？』

『我求你開恩相信我，可畏的天皇呀，我說的是眞話；因爲我是你百姓中最下賤的一等人，我生下來就是貧兒，完全是個偶然的機會我纔到了這裏，其實不能怪我。我要死不過是太年輕了，但你只要說一句話就能救我了。哦，請你說罷，先生！』

『死嗎？不要說這個話，小王兒——你定定心，定定心，你不會死的！』

湯姆聽說又是雙膝一跪歡呼道：『上帝祝福你的好心腸，祝福你萬壽無疆！』於是他一跳起身轉身向兩旁侍候的大臣道，『你們聽見沒有！我不會死了：皇帝親口說過的』！但他們仍然恭敬地低着頭，沒有人敢動一動，也不敢說話。他猶疑了一刻，方柔順的向皇帝問道，『我現在可以去了嗎？』

『去嗎？當然可以的囉。但你爲什麼不再等一會兒呢？你想上那兒去？』

湯姆將眼皮一搭拉，謙順的答道：『起先那件事是我做錯了；但我以爲現在是自由了，所以想再回到我那狗窩的家裏去，雖然那兒我一生下來就是痛苦顚連但到底我的媽媽姊姊都在那兒，那兒纔是我的家；這地方雖然是說不盡的富貴榮華但我卻過不慣——哦，我請你，先生，讓我去罷！』

皇帝楞着半天不響，臉上又是一陣絕望和不安。最後方帶點希望地說道：『也許他的神經壞了半邊，有一邊還是好好的，所以淸楚一時糊塗一時。上帝生就他也許就是如此的！我們且試試看。』

於是他用拉丁文問湯姆一句，湯姆結結巴巴的答上來了。皇帝喜歡的不得了，大臣們也表示快樂皇帝又說道：『這與他的學業和天才是沒有關係的，祇不過他的神經有點毛病，並不是永久的。你說如何，先生？』

御醫深深鞠下躬去，答道：『御意正合微臣所想一樣。』皇帝聽說更加喜歡了，又說道：『現在你們大家聽着：我們再試試他。』

於是他又用法文問湯姆一句話。湯姆靜默了一會，看那麼多視線都集重在他一人身上覺得怪窘的，最後方懦怯地答道：『我沒學過這種語言，陛下。』

皇帝頹然向床榻上一倒。連忙侍臣們趕上來扶掖；但他將他們推開一邊說道：『別麻煩我——我沒有甚麼無非一點小發暈罷了，拉我起來！嗯，行了。孩子到這兒來，將頭靠在父皇胸前，定定心。你就快要好了；這不是過一陣兒的狂顛。心裏別害怕，你不久就會好的。』說完他轉向旁邊的侍臣們；突然間柔和的態度都一齊收起，眼睛裏流露出悲哀的表情說道：

『你們大家聽着！這我的兒子是瘋了；但不是永久的。他因爲書讀的太多了，關禁的太厲害了，纔如此的。從此先生書本等都請滾開！叫他玩遊戲，來運動許健康慢慢會恢復的。』他稍爲又坐高一點，使着氣力說：『他是瘋了；但他還是我的兒子，是英國的皇儲；再有，不管是瘋是不瘋，他必定要登位！我所說的，你們記着也要傳出去：誰要利用他的神經病而危害他國家和平的必論絞！……送杯酒來給我喝——我心裏發燒：這種事情耗去我所有的精力了……喂，杯子拿走……扶着我。嗯，這好一點兒。他瘋了嗎？便是他再瘋一千倍，他還是威爾斯王子，我一定要證實的。明日淸早我要叫他行皇儲卽位典禮。黑福特大臣，立刻傳下命令去辦起來。』

便有一貴族從人叢中出班跪在御榻前奏道：『陛下聖明知道世襲的英倫大司儀尚待罪囚於大囚堡內，因此恐怕暫且不能——』

『住口罷！別將這可恨的名字污穢我的耳朵。難道這個人要活一世嗎？難道我的主意要因他而行不成嗎？難道少了他這個害國賊國家就沒有人能爲皇子行就職典禮了嗎？憑上帝的尊榮說，決不！警告我的國會叫他們在日頭再出之前定老福克（Norfolk）的死罪，否則我要對不起他們了！』

黑特福（Hertforl）公爵奏道：『皇帝的意志就是律法，謹遵御旨；』說完立起身，又退回原來的地方。

老皇的怒色漸漸散去，然後說道：『皇兒，吻我。喏……你怕甚麼？我不是你所愛的父皇嗎？』

『哦，至尊至上的天皇，你待我太好了，我實在不配，我實實在在的知道。但是——但是聽說他要死了叫我心裏難過，因此——』

『啊，這像你了，這又像你了！我知道你的心還是照舊的，雖然你神經失常了，你一向都是好心腸的；但這位侯爵會賠你國家之羞的：我要重找一人代替他，纔不致於玷辱他的職司。你別難過，我的皇兒不要爲這件小事作煩。』

『但如此說來豈不是我促他的死嗎，我的君皇？他爲我再有多久就不能再活了呢？』

『我的皇兒，不要管他了：他是不配的。再吻我一遍，便去玩你的小玩意，小娛樂去；因爲我的病叫我難受。跟你的皇叔黑特福以及他們一齊去罷，等我好點再來。』

最過的諭旨對湯姆的自由希望一擊幾殆，他重沈沈的一顆心又跟着別人出來。一路他又聽見低低嗆噥的驚嘆，『王子，王子來了！』

他的一顆心愈過愈沈墜下去了，對着兩旁低首明亮閃灼的侍臣們他知道自己的確等於一個囚犯了，而且恐怕要長久關閉在這金絲籠子裏，一個孤寂無友的王子，除了上帝發慈悲無人能叫自由。

而且不問他轉問甚麼地方都似乎空氣中泛漾着老福克侯爵的頭腦，眼睛釘着他彷彿在責罵他。他昔日的夢想是那麼可喜的，而現實竟如此的可怕。

第六章　湯姆受教

湯姆被引進一間陳列着華貴傢俱的頭等大房，又叫他坐下——一件他最恨做的事，因爲有這麼多年長的老者以及高級官員們卻立在旁邊。他再三請他們坐下，但他們衹鞠躬致謝，或喃喃道罪，卻無一人肯坐。他還要再讓，但他的「舅舅」黑特福公爵便和他耳語道：『殿下，別讓了；殿下在此他們是不作與坐的。』

此時有人通報聖約翰公爵求見，行禮如儀之後他和湯姆說道：『皇帝欽命我來此有一件事要祕密的謁見殿下。如否請殿下暫時叫侍從們迴避片刻，祇留黑特福公爵一人在此』

黑特福見湯姆不知所措便在他耳邊囑咐他擺一個手勢或講一句話。等侍臣都退避之後，聖約翰公爵說道：

『皇帝陛下有令，說爲國家千鈞之重，皇子殿下的病狀應竭力隱藏勿洩，直俟恢復原狀。那就是，他對任何人不得否認自己是眞正皇子，及英國皇儲，他得堅持皇子的尊嚴，無論何人依正當古法行最敬禮，他不得謙讓或阻撓；他不得與任何低微賤士交談；他得努力奮鬭以求恢復昔日之記憶。——若不幸逢忘記之時亦得力持鎮靜，不可張皇失驚，手足無措；沒有舉行國家大典時，他亦不得表現驚異不安之態，應聽從黑特福公爵或鄙人之忠告，因皇帝已欽命鄙人專司此職，直至御旨取消時爲止。這便是皇帝所下諭旨並致意殿下，又求上天速治殿下，早占勿藥。』

聖約翰公爵行一個禮立於一旁，湯姆柔順地答道：『既是皇帝說過無人敢蔑視法令，當然帝命當遵。』

黑特福公爵說道：『關於聖上所下關於書籍以及像適纔所提的嚴重諭旨，卑職以爲殿下從此該多致力於輕快的娛樂，免得到大宴會時勞瘁不濟便不美了。』

湯姆的臉不由表示一陣莫明其妙的驚異；但一觸着聖約翰的悲傷視線，又不禁而頰發燒。公爵說道：『殿下的記憶仍然錯亂，所以又表示驚詫，——但請不要因此作煩，這沒有別的無非是病態作祟。黑特福公爵所說的是城中的市長宴，那皇帝二月前就應允過讓殿下駕臨的。殿下現在想起來了嗎?』

湯姆臉又一紅，猶豫了一會兒答道：『我很難受，我還是不記得。』

恰當此時有人通報以利沙伯小姐與桂琪恩小姐駕到。兩位公爵便交換了兩道嚴肅的視線，黑特福公爵搶前一步走到門口去。當兩位公主從他面前經過時，他和他們輕聲說道：『公主們我求你們別注意他的各種笑話，或是對他失去的記憶表示驚異，——你要太留心他的行動準會叫你們傷痛。』

同時聖約翰公爵也在湯姆的耳邊囑咐道：『求你先生，用心記得皇帝的意旨。凡你所記得的都記出來——放出什麼都記得的模樣。不要讓他們想你是改變了，你知道你的老遊伴是如何地惦念着你啊。殿下可願意我留在這兒嗎?——還有殿下的舅舅?』

湯姆作個手勢，口裏不知咕嚨了一句甚麼算是叫他們留下，他已經是在學習了，在他單純的心田裏已經決定盡力遵照皇帝的意旨做去。

不管他們如何苦心詣旨的預防着，小朋友的談話中仍有幾次雙方作窘。那不假，湯姆有好幾次幾乎要脫口承認他這角兒實在扮不得了；全虧以利沙伯公主的才智，和兩位照顧週到的公爵，方遮掩過去。有一次，琪恩小姐忽然問了一句叫湯姆驚異的問句道：

『殿下今日可去參見過皇后陛下了嗎？』

湯姆又楞着了直瞪着一雙眼不知如何回答，聖約翰公爵連忙接口代答道：『早就去過了，小姐，皇后見殿下如此，心疼的了不得，着實安慰了一陣纔放出來，可不是嗎，殿下？』

湯姆口裏又不知喃喃地說了一句甚麼，表示公爵的話不錯，但他感覺自己所處的境界太危險了。過了一會，談話中提到湯姆不能再多讀書的事，那位小琪恩小姐又失驚道：

『這眞是可憐，這眞是可憐的一件事！你從前是很勇敢的上進啊。但你耐心能，不久就會好的。你若學會像你父親所有的學問，說會他所會說的各種語言，好王子，你就要變成翩翩美少年了』

湯姆一時間忘記他的指導人了，叫道：『我的父親！我知道他只會說滾在豬欄裏的豬所能懂的話；至於說到學問——』

他向上望了一望正碰着聖約翰公爵一道嚴肅警告的視線，不由面孔又一紅，傷心的小聲又接下去：『噢，我的病又發作了，我的心又迷糊了。我並不是故意對皇帝不敬』

以利沙伯公主便拿着湯姆的手放在自己兩隻手心裏，恭敬而親熱的安慰道：『我們知道的，殿下。你自己不要爲那些事難過。錯處不是你的，是你的病呀。』

湯姆感激不盡的答道：『你眞會安慰人，甜蜜的小姐，我的心叫我向你致謝，因此我敢大膽。』

又有一次小琪恩小姐和湯姆用了一句希臘文的成語。以利沙伯公主的眼快，早見這一箭又是虛發的了，便應聲代答一句希臘文，隨卽轉換題目談別的事。

自大體上說，時候過得很愉快而且很安靜。湯姆見別人皆如此體貼入微的幫他渡過難關，有錯誤亦裝作若無其事，覺得很感激，窘態也就收起許多，彼此間的障壘也就逐時減少。後來說起兩位小貴人都要陪他去赴那天晚上的市長宴，湯姆覺得一陣釋然和喜樂，在稠人廣座中他可以不作無友的孤獨人了，但假使在一點鐘之前，他要聽見和他們同去的話，準會嚇的受不住。

至於湯姆的導引天使兩位公爵大人，卻覺得他們的工作不是容易對付的一件事。他們覺得好似把着一艘在驚濤拍岸裏進行着的小舟，得時時刻刻的提防意外，正正經經的不是兒戲。最後，兩位小姐的參謁快到結束之際，又有人通報格爾福特公爵求見，他們不獨覺得渡過這一程費了大力，而且要再照樣來一套實在有點喫不消。所以他們恭而且敬的勸湯姆迴避一刻，這在湯姆倒也樂於從命，但那位小桂琪恩小姐一聽此言不免玉容上透露出輕微的失望。

此後便是一陣靜默，是一種等候的沈肅，可是湯姆不懂。他向黑特福公爵瞟去，只見公爵給他作個手勢——但他還是不懂。積伶不過的以利沙伯小姐便泰然的趕來解圍了。她行過敬禮說道：『我們現在可以辭別皇兒告退了嗎？』

湯姆答道：『當然，諸位貴人不問叫我做甚麼，只要在我小小能力範圍之內，我無不從命。願上帝祝福你們。』於是自己心裏又笑着說，『不過因爲同書本的王子曾經交往過，竟然也能講出與他們一般溫文有致的話來！』

待豔麗華貴的兩位小姐去後，湯姆疲乏地轉向他的看守人說道：『可否請二位公爵讓我到一個甚麼角落上休息一會兒！』

黑特福公爵答道：『這當然可以，殿下有令我們敢不服從。而且休息也實在是必需的一件事，因爲殿下馬上就得動身進城去了』。

他碰一碰鈴，進來一小廝，公爵便叫他去傳威廉男爵進來，立刻進來一位紳士模樣的人，領了湯姆進到裏間屋去。湯姆第一步動作是去舀一杯水喝；但一個穿絲絨衣的侍者早搶杯過去，屈下一膝，擱在一具金茶盤裏獻上。

第二下，這疲倦的囚犯王子坐下來脫他的靴時，另一個穿絲絨衣的不知趣的人又跑來搶着代勞。其他又有數次他想做甚麼時總是立刻被人攔着代做了去，最後他不禁一嘆，索性也不跟他們掙扎，喃喃自語道『奇怪，他們爲什麼不索性連我的呼吸也包辦了去！』最後包好裹好在華貴的衣服裏，他總算睡下了，但他睡不成，頭腦裏是太多的思想，屋裏是太多的人。他不能打發先來的人走，所以他們留在那兒；他又不知道如何打發後來的人走，所以他們也留在那兒，他自己很不安，那班人也不知道是留好還是退妙。

不說湯姆這邊躺下，且說仍舊在那兒的兩位公爵。他們凝思了半晌，頭搖得像博浪鼓，身子在地板上來回的走，最後聖約翰公爵說道：『老實說，你以爲如何？』

『老實說，事情是如此的。老王是眼看不中的了，我的姪兒是瘋了，瘋了還是登位，登位還是瘋。上帝保護英國吧。』

『事實的趨向是如此，的確。但……但你沒有什麼疑心……對……他……』說話的人至此吞吞吐吐的接不下去，終於住了口。他覺得不能不愼重發言。黑特福公爵向他面前一站，一臉淸爽的問道：『講下去啊，——這兒除了我沒有旁人。你說疑惑誰呀？』

『公爵，我心裏的事實在怕同你說，因爲你同他是骨肉近親。但假使我的話觸犯了你請你莫怪；你能說那不希奇嗎，一個瘋病連他的態度禮儀都大大改變了！雖然他的言語態度仍然保有皇子的風味，但多少小事情上都看出是改變了，同他從前的行徑完全兩樣了。難道瘋病能連他父親的體態，應付的禮節等等，甚至拉丁，希臘以及法文都給瘋忘了嗎？我的公爵大人，請你別生氣，祇請你解釋我的疑惑我便萬分感激不盡了。而且他自己說不是王子，所以我不由時常狐疑，而——』

『嚇，公爵，你說了背上的話了！你忘記君王的煌煌諭旨嗎？你要記得我只聽一聽也犯法了。』聖約翰立刻臉色灰白搶着說道：『我知道我錯了。但請你海量包涵不告發我，我下次再不提也不想這事就是。請對我不要太厲害，否則我一生就完了。』

『那也罷了，公爵。那你從此不得再提起，無論在這兒或對別人，就算沒有這回事。而且你不用得疑惑呀。他是我妹妹的兒子；他的音容笑貌不是從搖籃時起我便看慣的嗎？瘋癲是會將人改變得奇奇怪怪的，你看他現在古怪，怕更厲害的還在後頭哩。你不記得老馬力擺倫因爲瘋了，竟忘記六十年來他所知道的自己的肖像，他說那不是他，甚至說是別個甚麼人的兒子，又說他的頭是西班牙玻璃做的；他又不許人去碰一碰，否則便喫他的拳頭。我的好公爵將一切疑猜都取消罷。這就是眞王子，我是知道的——而且不久就是你的國君；你弄清楚了就好。』

此後他們又談了一會，聖約翰爲要表白自己疑心已失，反覆說了好些信任的話，於是黑特福公爵放開他自己一人坐在一旁去作護衞。不久他就陷入深深的沈思中去。他愈想愈覺心煩。漸漸他踏着地板喃喃自語道：

『突噓他一定是王子呀。天下那能有這麼一個人巧合他的一切像雙生呢？便是有這麼一個人，也不會就有這麼一個機會恰將二人易地而處呀。不對不對，這眞是愚，愚，愚不可及！』

第七章　湯姆第一次御宴

約當午後一點鐘的模樣，湯姆又奉命換衣裳赴餐。他沒有法子只好服從，於是從頭到腳都整個的換了一套，依然是堂皇鮮艷。便用人領着他，進入一間闊大華麗的餐廳去，裏邊已有一桌單人飯菜佈置就緒。湯姆一看屋內的傢俱盡是金塊製成，外加精製裝飾，價值連城，一屋倒站滿了半屋的上等身份的僕役。一位牧師謝過上帝後，湯姆便想就座，因爲他早就餓了，但我們的拜耳克力伯爵（Earl of Berkely）卻搶着代他兜頸圍了一條涎巾，原來替威爾斯王子結圍巾的專職便是這位大人物家的世襲事業。此時湯姆的司酒人亦趕來伺候，但他卻百般阻撓湯姆自己飲酒。威爾斯王子的嚐食人亦在旁等候着任何可疑的食物便得冒險先嚐那有毒的東西。像這種嚐食人在那個時候只是名目而已，實際上並不施諸實行的；但數百年前，這種營生是有點不當耍的，多半人是不奢望此種。先嚐御食的威風的。他們爲什麼不用一隻狗或別種人似乎很希奇，但皇家的各種措施都是希奇的，不止這一樁。我們的大西公爵，管書齋的第一侍臣，天曉得他做些甚麼差使，也立在那兒。總管先生也立在湯姆的椅後，指揮儀禮，一切又受命於立於近旁的大總管和廚頭先生。除此以外湯姆還有三百八十四位僕從；當然他們不全在屋裏，怕連四分之一都沒有；但湯姆連他們的存在與否都漠然無知。

單說在這兒的一班人已於一小時內訓練好記得他們的王子是暫時失了常態，一切得留神小心，對王子的一切非非之想不得表示驚異。果然這些『非非之想』一樣一樣的陳列出來了，但大家僅感到哀憐傷悲，引不起歡笑。看素來所愛護的王子忽然遭此打擊，人人覺有沈重的哀痛。

可憐的湯姆吃起東西來完全是十指代勞；但沒有人笑他，甚至他們都似乎沒看見一樣。他好奇的仔細觀察他的圍巾，似乎有極深的興趣，因爲那原是一條美麗精緻的工作，最後他簡單的說道：

『請你，將這個拿掉，否則我一不留神就要弄髒牠了。』

那位世襲的圍巾大臣便立刻過來恭恭敬敬的代他取掉，並無一句阻撓的話或其他甚麼反對。

湯姆將蘿菔和萵苣仔細瞧了半晌，覺得怪有興趣的，隨又問那是些甚麼東西，可不可以喫；原來英國向無此物，還是最近從荷蘭國新進口的希罕物，英國方學着種殖，所以湯姆不知道。他的問題換到了極恭敬的答案，並無一人表示驚異。當飯罷時他將兩口袋都盛滿了乾果；但這也無人表示注意或覺得不寧。但立刻湯姆自己覺得局促不安，因爲就餐以來僅有取乾果這件事，僕役們不曾上來代勞，無疑的他自覺作了一件極不合理，有失王子身份的事。恰巧此時他鼻子上的筋肉又忽然抽搐起來，更弄得他六神無主。他迫切的從這人的面孔望到那人的臉蛋，眼淚不由的在眶內打滾。公爵們見狀大驚，連忙奔過來問他是甚麼煩惱。湯姆忍痛說道：

『我求你們別見怪；我的鼻子簡直癢得要命。請問對於這種意外的應付你們向來的風俗習慣是甚麼呢？請你們快一點，因爲我簡直受不住了。』

沒有一個人笑；大家都繃着一張臉，痛苦的你望我我望你，想尋個方法解決王子的問題。但天呵，英國自有歷史以來也沒有這種前例。司禮大臣又逢不在皇宮；因此無一人敢冒昧上條陳以解決此空前嚴肅的問題。天爲何不設一位世襲的搔癢公爵同時湯姆的眼淚業已衝岸而漫流於兩頰之上了。他搐筋的鼻子要求解放的衝動愈來愈強烈。最後還是本能突破禮儀的藩籬；湯姆先心裏禱告一番如作錯了事請上天原諒，隨後自己用手去搔了一陣鼻子，如此一朝廷的公爵的心頭石塊方掉了下來。

他的御宴好不容易地完畢了，一位公爵便捧過一具淺淺的金盤來裏面盛着香噴噴的玫瑰水，是給他漱口淨手的；而我們那位世襲的圍巾大臣便捧着毛巾在一旁侍候。湯姆先迷亂地向金盤端詳了一兩分鐘，然後不知那裏來的勇氣，端盤就唇，莊嚴地就嘓嘟喝下一大口隨卽又轉身對侍候的公爵們說道：

『公爵，這個我不大喜歡；味兒雖然怪香的，但酒性兒卻不強。』

王子這種新奇的反常叫大家心痛非常；但依然沒有人忍心笑他。

此後便該是牧師祝謝散席的時候了。但牧師方起立於椅後，舉手閉目，作勢祝禱之時，湯姆早已起了身，並離了席。大家仍然裝作不看見，當他並未作錯事。

散席後，我們的小朋友自己要求回到私室裏去，衆人只好由他。他便獨自在房裏留連自在。一眼看見牆壁上懸掛了許多閃明耀目的片片鋼鐵武裝，金鑲銀包，美麗奪目。這套海軍甲冑原是屬於眞正王子的——還是皇后巴馬丹最近所賜贈的禮物。湯姆套上脛甲，穿起長袖，戴上羽毛頭盔，以及一些不用別人幫忙可以穿上的東西，一想起該叫人來服侍穿整齊纔好，但一轉念又想起剛纔由席上挾帶下的乾果，不趁此闃無一人時辦掉牠更待何時；想定便將武裝一件一件的歸還原位，這纔坐下大嚼其乾果，此時的自由和鬆快，還是上帝罰他作王子以來的第一次。不久乾果一一喫光，便又踱到一架書櫥前探出幾本書，其中有一冊恰巧是論英國朝廷禮節的。這一來他如獲至寶，向睡榻上一躺他用心用意地研究起來。這裏我們且將他暫時撇開。

第八章　國璽的問題

約當五時，亨利第八世從一個並不休養精神的小睡中醒來，自言自語道，『惡夢，惡夢！我這就快完了；所以有這些預兆，我的脈也證實我快了，』忽然他眼睛裏亮光一閃，又自語道，『他不先死我還不死哩。』

他的侍從們知道他是醒了，便有一人走來報告說大法官在外面等着。皇帝熱切的呼喚道，『召見他，召見他！』

大法官進來跪於御榻前奏道：『微臣已遵御旨傳下命令去，如今朝內所有貴族皆已穿戴公服守候立於議院欄干前，那兒他們已判定了老福克伯爵的死罪，並敬候陛下進一步的旨意。』

皇帝一聽說，歡喜得頓時面孔發光。他說道：『將我扶起來！我要親自出席議會，我要親自蓋章判決書——』忽然他聲音中斷了；一陣青白刷去他雙頰的微紅；僕侍們連忙服侍他躺下去，又急忙調補藥給他提神。最後他又傷心的說道：

『天，我是如何的盼望這甜蜜的時候來到啊！唉，可惜來得太晚了一點，恐怕這無上的機會要失之交臂了。但你們快呀，你們快點呀！我不能躊躇滿志便讓別人也行呀。我蓋上國璽鄭重委托你們辦理：你們亟速選出人來主持一切。你們快點！日頭未出未落以前，我要你們呈上人頭來給我過目。』

『謹遵御旨。但陛下可否此時便將御璽交還微臣以便進行一切？』

『甚嗎！你要御璽！御璽除了你還有誰管嗎？』

『謹奏陛下，陛下於兩天前已將御璽由微臣處索回，說等陛下蓋過老福克公爵判決書的印章後再行發還』

『怎麼哪，是有這麼一句話；我確記得的……我究竟拿了做甚麼哪！……我很軟弱……這些日子記性又不好……這眞怪，怪，怪——』

皇帝急得只滿口喃喃，將個灰色腦袋搖得像博浪鼓一般，拚命的想他自己將國璽放到那兒去了。最後還是我們的黑特福公爵冒險走上一步跪在御榻前奏道——

『陛下，微臣大膽，好像記得陛下將御璽已經交給威爾斯王子殿下經管了，不知——』

皇帝搶着應道；

『對了，對了！快去拿來！去去：光陰如矢！』

黑特福公爵如飛的跑到湯姆那兒去，但不到兩分鐘又已跑回來，失望的空着一雙手。他奏道：

『我主陛下，微臣不肖祇帶回不幸的消息；但上帝聖意王子的災難未滿，他竟記不起接收御璽的一回事。微臣想若搜查王子殿下的各宮室，不獨於理未當：抑且費時無補，所以微臣亟速趕回報告，候旨定奪——』

至此皇帝一聲呻吟打斷了公爵的話語。停了半晌，皇帝陛下悲切切的說道：

『別去難為他了，我可憐的孩子。上帝加手於他的災難是重了一點，我的心為着痛憫他似乎已脫腔而出了，我傷心為何不將他的擔子讓我老骨架背上，也叫他平靜平靜呀。』

他閉上眼睛，口裏喃喃地不知說些甚麼，最後便靜默了一會。過不久，他又睜開眼睛，空洞洞的望了一圈，最後一眼見到仍在跪着的大法官。立刻他滿臉怒氣的喝道：

『甚嗎，你還在這兒！憑上帝的尊榮說，你若不去辦好那賣國賊的刑罰，明天不呈上他的頭來，你的頭也不想要了！』

那抖嗦着的大法官奏道：『我王陛下，求你開恩！我是在這兒等候御璽呀。』

『嗨，你腦子也沒有的嗎？上次我要帶到外國去的小璽不是存在國庫裏嗎？既然大璽不翼而飛，那小的還不行嗎？你腦子也沒有的嗎？代我快去！沒有頭你也不必進宮！』

可憐的大法官那敢再留，煙一般的溜了出來；趕快通知奴顏婢膝式的國會明日執行英國第一等貴族，無運的老福克公爵的死刑。

第九章　御河盛況

到了晚上九點鐘，宮內的御河邊萬火齊明。極目望去，御河直達倫敦城的那條線上，沿流盡是密密結結的民家畫舫以及遊艇無數，皆張燈結綵，波光船影，柔和得只如無邊限的花園，被夏日的輕風拂動着一樣。偉大的石級直通水邊，其面積足够會集一位德國王侯的軍旅，如今正充塞了渾身閃亮軍裝持戟的御軍，以及隊隊漂亮非凡的侍從，上上下下，來來去去的忙着預備一切。

忽然間一聲令下，頓時台階的人全數散光，空洞洞的只剩下死靜和懸待。但你能幻見到船上萬千的民衆仍然仰起頭來，躲過燈籠火把的光亮向皇宮瞻望。

一行四五十隻御船攏近了石級。這些船皆鍍了很富麗的金色，高船首和低船艄皆雕刻得極盡富麗堂皇之能事。有些船上裝點着旗幟；有的懸掛着刺繡的簾氈；還有的高懸銀色旗旛，滿綴小銀鈴，微風一過，如奏仙樂；更有幾家服務東宮的貴族的船更是高人一等的鉤心鬭角，船舷兩旁皆裝綴以美麗奪目的紋章。每條御船又爲另一條船拉着走。這些拉縴御船的船上，除了搖船人之外又各裝一隊武裝同志，頭戴盔甲身圍護胸，另外還有一隊音樂班。

衆人希冀中的隊伍終於在大門口出現了，第一批是持戟軍士。『他們穿着黃黑相間的膝袴，頭戴邊插銀玫瑰的絲絨帽，內有深紅緊身襖外罩天藍外衣，其外衣之前後繡了三根羽毛，代表王子的紋章，繡線是金黃色。他們的戟木上也都覆蓋着紅色絲絨，結以鍍金的釘，並飾以金色縫纓。從大門口到石級處他們分左右兩行站立。另有穿金紅二色號衣的侍從鋪攤了一條厚厚地氈。此事完畢以後，裏面又長長的響了一陣喇叭。水上的音樂隊便開始奏起前奏曲來；兩位手拿白杖的前導者嚴整的從門口緩步出場。跟隨在後的是一位持笏的軍官，再後是一位持刀的；再後便是由城中來的數位禁衞官，穿着全身武裝，袖子上有徽章；此後是穿短軍褂的最高勳爵；後面又是好多位武士，各人袖上都有一白花邊；此後又是他們的持盾人；此後又是穿深紅衣帽的法官；再後是英國的最高大法官，紅衣開於前部，衣緣有邊；此後又是穿紅袍的市長代表；此後又是身穿大禮服的各種市民團體的領袖。此後又來了十二位法蘭西的紳士，盛服華裝，其最惹人注目的是白錦緞滾金邊的內衣，外罩紅而鑲紫邊的短大套，以及赤色短袴，亦整步下階。此輩都係法國駐英的外交大使，故後面復跟了十二位西班牙的大使，他們僅穿黑絨衣並無其他裝飾。最後便是英國幾位高等貴族，後面隨着跟人。

這裏而又是一陣喇叭聲；然後王子的舅舅，將來的桑姆塞特公爵（Duke of Somerset）便在門口出現了，他穿的是『一套黑色緊身襖，外加深紅緞繡金花絡銀綢的外套。』他轉了一個身，脫下羽毛大帽屈下身來低低行個敬禮，方舉步下級，每一層他都鞠躬。隨着又是一陣悠長的喇叭聲，還挾着呼喝，『迴避肅靜呀，愛德華東宮太子駕到！』此時從宮殿高處便轟然放了一炮，火焰如舌；此外河船上的億萬民衆也驚天動地的齊呼萬歲，以表歡迎那萬人心目中的英雄，康梯湯姆，方正式出場，微微鞠着他的王子頭。

他『穿着一件華貴的白緞緊身襖，前面有一塊紫色網狀織品，綴以金鋼石，衣緣週鑲以銀鼠皮。此外又加了一件白大套，飾以三羽毛的花朵，滾了藍緞子的邊，又滿綴珍珠寶石，還有一球極亮的東西。他頭際懸了頭等勳章，以及各種外國的王子紋章；』每次燈火一映照珠寶便也閃閃生光。哦，一個生於茅舍，長於倫敦陰溝，祇知褸襤汚濁苦痛的康梯湯姆，忽然平地青雲，卻是從何說起！

第十章　難中的王子

且說康梯約翰拖着眞王子向垃圾場前進，後面跟着大羣的閒人笑着吵着趕熱鬧。其中僅有一個人替王子抱不平，但無人理睬他，他的話亦等於東風吹驢耳，聽而不聞，因喧嘩聲太大了。王子一路掙扎着不肯服輸，而且因所受的待遇大發怒氣，最後康梯約翰實在耐不住了，提起一根木杖，便向王子頭上亂打了下來。此時那位抱不平的人又跳上一步拉他的膀子，那一記恰巧落到他自己的腕節上。康梯狂吼道：

『你管閒事，是的嗎？給點好處你嚐嚐。』

說着他將木棒向那人腦袋上拚命打下去，但聽慘呼一聲，一條暗影便在人叢中倒了下去，但閒人仍然若無其事的向前移動，不久便拋了那人獨自躺在路當中。

最後王子給拉到了康梯約翰的家裏，將門關好，不准閒人進來。王子一看，屋裏只有一枝牛油燭，插在酒瓶上，光線陰暗，只彷彿認出陋屋的大樣以及裏面的一些家私。一處牆角落裏立着兩個汚濁不堪的姑娘及一位中年婦人；他們都像虐待下的野獸，兢兢戰戰的唯恐遭無妄之災。另一角上卻掩着一個已經憔悴了的女妖怪，髮灰如土，雙目炯炯，叫人見了毛豎。康梯約翰立刻和她說道：

『喂送餉好把戲給你看看。你先別打他，等你看够了聽够了再重重捶他一頓。孩子，你站出來。再把你那一套套說說看。你叫甚麼名字，是甚麼人呀？』

王子見問立刻又怒氣塡胸，雙頰緋紅，他嚴厲的直望着向他說話的男人道：

『像你眞不配叫我說話哩。我告訴你，還是剛纔所說的，我不是別人，就是威爾斯的王子愛德華；聽淸楚了嗎？』

這一段天外飛來的回答，早將那老妖怪像釘釘住了腳一般的半天動彈不得，喘氣不得。他只呆巴巴的驚奇的瞪着王子，以致那位兇神似的兒子不由哈哈大笑了一陣。但湯姆的母親姐姐一聽這話反應就不同了。他們也顧不得自己身體上要受的災難了。他們又痛又駭的便飛奔了過來，驚呼道：

『哦，小湯姆，可憐的孩子！』

媽媽便雙膝跪下，拍着王子的肩頭，淚眼婆娑的仰望着他的臉，又說道：『哦，我的苦孩子！那些牢什子破書倒底將你唸出瘋病來了。啊！我不是再三說不叫你唸嗎，現在弄出來了。唉，你媽媽心也碎了。』

王子望着她的臉，柔聲道：『好婦人，你兒子還是好好的不曾發瘋。你別難過；只要將我送回皇宮，我父皇一定會將他交還你。』

『你的父皇！哦，我的孩子！這些話說不得的呀，說了不但你小命兒保不住，連我們也要遭殃哩。孩子，你夢醒醒罷，想想從前的事吧。孩子，看看我。我不是你媽媽，養你愛你的嗎？』

王子厭惡的搖頭道：『上帝知道我不是有意傷你的心，但老實說我從來沒有見過你的臉。』

那女人聽說就勢向後一倒，坐在地板上；又雙手蒙着面孔，嗚嗚咽咽的哭泣起來。

康梯約翰吼道：『讓把戲做下去呀！蘭兒，貝兒怎麽哪！沒規少矩的丫頭！王子在此還敢站着嗎？跪下你那狗腿來替他磕頭！』

他說完又是一陣大笑。女孩兒心頭不忍，便來代弟弟說情了。先是蘭兒說道：『爸爸，求你開恩只讓他上牀去睡一覺，休息一晚，包他就好了，可以嗎？』

貝兒也接口道：『爸爸，准了罷。他比平日更辛苦了。明天他準就會復原的，一定用心討錢決不會空手回來的。』

這一句話倒提醒他父親想起正經事來了，他頓時斂起笑容，一轉身怒勃勃的對王子道。『明天我們得付這狗洞的兩辨士的半年房租哩，沒有就得轟我們出去。看你懶骨頭明天不討兩辨士回來。』

王子說道：『別將這些汚辱人的事來氣我，我再告訴你我是皇帝的兒子。』

立刻霹拉一聲王子的肩頭被康梯的大手掌摑了一記，頓時擊得他直向康梯好妻子的懷中倒去，那女人便一把抱牢他，讓他躲過那雨點似的巴掌拳頭，都讓打在自己身上。那兩個女孩已駭得魂飛天外，早躲回原來的牆角去；但那老妖似的祖母卻迫切的上前幫忙兒子。王子從康梯太太的懷裏，跳出來怒叫道：

『太太，你不必爲我受苦。讓這班豬要怎麽對付我就對付我好了。』

那一班豬聽他一說，更如火上澆油，也不答言，結結實實的將王子痛打了一頓。復又將兩個女孩兒和他們的媽媽也我補了一頓，算是他們通敵護仇的刑罰。等一切打完之後，康梯方說道：『都代我滾上牀上去。把戲也玩得我累了。』

燈熄了，全家安歇了。待那位當家主和他媽媽鼾聲起後，兩個女孩方偸偸爬到王子身邊，代他拿草薦和破絮輕輕覆蓋上；他們的媽媽也悄悄爬過來，撫弄他的頭髮，抱着他哭泣，又耳語一些斷斷續續的憐詞慰語。她還省下一口食物留給他，但孩子於極大的痛苦之下，連食慾也沒有了——至少那點焦黑無味的餅屑也叫王子嚇跑了胃口。她勇敢的護衞，以及她的輕憐蜜愛都深深感動了王子，他以極高貴的王子口吻致謝了她並請她卽時回到牀上去，並試着忘懷一切苦痛。他又說他當今的父皇對她的忠誠一定要重重賞賜。這幾句瘋話又碎了她的心，她重新幾次摟着他，最後淌眼抹淚的回到自己牀上。

當她睡着想着難過着的時候，覺得這孩子有些東西是湯姆所沒有的。她形容不出，也說不出那不同點是甚麼，但一種銳利的母性叫她感覺着就是。究竟這孩子是否她的親生兒子呢？唏，無稽！想出這奇怪的思想她幾乎要笑出來，不管是多麼傷心難過，但實際這感覺既經現實之後便驅之不去了，僅膩着黏在她的思潮裏。這點意思不斷的鼓動她，聒絮她，不容她輕輕放過。最後弄得她決定非試驗一下不得安心。她要試驗究竟這孩子是不是她的親生兒子，不錯，這纔是解決困難的正當方法；於是她立刻聚精會神的想主意。但說試驗怪容易，想主意卻很難。她左思右想，一個又一個，但甚麼方法都不能十分確實十分完全，而不完全的又不能叫他滿意，結果她一切方法都不得不放棄。明顯的她腦子都白用了——似乎這件事是無希望的了。正當她思潮起伏時，王子的平勻呼吸正一聲一聲送到她耳邊來，她知道孩子已完全睡熟了。她凝神的正在傾聽着，忽然夢寐中孩子透出輕輕一陣哭。這一來她立刻有了主意。她立刻坐起身，摸着將蠟燭燃上，自言自語道：『只要我如今看他一下，就會知道了！從他頂小時，有誰在他眼前擦洋火，他從不會從夢中忽然驚醒的，總是將兩隻手遮着眼睛，也不像別人似的將手掌向內，他總是手掌向外——我看過他一百回也是這樣，決不會改變也不會錯的。是的，我現在一試就知道了。』

此時她已爬到呼聲正鼾的孩子身邊，蠟燭用手遮着。她彎下腰來滿懷興奮的望看，斗然在他眼前擦了一根洋火，又在他耳旁敲了一下地板」果然那孩子從夢中醒來，張了兩隻大眼睛，顯然是受了一驚，但他的手不曾表現特別的動作。

可憐的婦人見此情形，又驚又悲，幾乎沒了主意；但她勉強藏過熱烈的情感，將孩子哄睡了；自己方爬回自己的牀上，悲痛着實驗的慘敗。她想勉強自己相信她的湯姆是因爲瘋了纔改變了素來的習慣；但她勉強不了。她說道：『不對，他的手瘋不了，他不能在這麼一個短時期內將這麼老的一個習慣瘋掉。哦，這種日子，我怎麼過呀！』

可是，如今的希望又和方纔的疑惑一般倔強；她不能就此相信試驗的結果正確；她應該重新試驗——方纔的失敗也許是偶然；於是她隔一些時候便去試驗一回，但結果兩次仍然與第一次相同，她這纔悲悲切切的死心睡覺，口裏還說道：『但我不能放棄他——哦，不行，我不能，我不能——他一定是我的兒子！』

等這可憐的媽媽停止她的試驗之後，王子的痛苦也逐漸敵不過睡魔的能力，沈重的眼皮至終又叫他酣然入睡，一時又一時的過去，他還是熟眠若死。如此過了四五個鐘頭。他夢魘中又說起話來。先是他半醒半睡的自語道：

『威廉公爵！』

過了一會兒：

『呵，黑伯特威廉公爵！藏到這兒聽我最奇怪的夢……威廉公爵！你聽見沒有？我想我簡直變做一個貧兒了，還有……呵，來啊！衛隊！威廉公爵！甚嗎！寢室裏難道沒有侍役的嗎？看我來罰你們——』

『你怎麼哪？你在叫誰呀？』一個人在他耳邊輕輕問着。

『黑伯特公爵啊。你是誰？』

『我嗎？我除了是你的姊姊蘭兒，還有別人嗎？哦，湯姆，我忘記了！你還瘋着哩——可憐的孩子還瘋着哩，我要永遠不知道你瘋就好了！但求求你，你別作一聲罷，否則我們都會被打死！』

驚醒的王子，一縱身坐起一半，但渾身的創痕痛得他又憶起前情，他無力的又向汚草堆裏一躺，哼嘆一聲說道：『唉，這不是在做夢了！』

一凝神間，隔夜在夢中暫且消失的重憂和悲苦又捲土重來，王子如今確知自己已不是宮內寵愛，萬民景仰的王子了，不過是一個貧兒，一個被人遺棄的，穿着破絮，關在一個野獸洞裏作囚人，與乞丐盜賊同伍的人。

當他正在苦痛中神遊時，忽聽屋外不遠處一陣嘻笑的鬧聲和喊叫聲。不久便有人拚命在門上急敲，康梯約翰從鼾聲中朦朧問道：『誰打門呀？幹甚麽的呀？』便有一聲音答道：『你知道昨日你的棍子打着誰哪？』

『我既不知道，也不在乎。』

『說了怕你不能不在乎哩。你要是還要你的頭顱，趕快去逃命罷。這個人現在正在斷氣了，他便是牧師，安德盧神父！』

『我的青天！』康梯驚叫一聲。隨卽一骨碌爬起來叫醒了全家，吩咐道，『趕快起來逃命，——留在這兒就是死！』

不到五分鐘，康梯一家全體已到了街上。康梯抓住了王子的手腕，拉着他直沿暗巷飛跑，又小聲交代他道：『留神你的舌頭，你個瘋子，不要說出我們的姓名來。我要趕快重選一個新的姓，免得人來捉我們。你留神一點，我告訴你！』他又向其餘的人囑咐道：『如果我們不幸走散，那大家各奔倫敦橋好了；誰先找到橋上最末一家布店就在那兒等着，然後我們會齊再向南華克(South Wark)去逃。』

話剛說完這一隊人忽然由黑暗中進入光明；還不但光明而已，且進入載歌載舞，萬衆歡騰的氛圍中了，原來他們已到了御河邊。只見泰姆斯河兩岸，一路盡是燃燒着的祝火；整個倫敦橋都映得透亮；南華克橋亦復如此；整個的河流裏滿是五顏六色的流光，不時一枚煙火衝上天空，放射出精巧紛紜的火花，以及流星萬點，照得黑夜幾乎轉成白晝；各處都是遊人成羣；整個倫敦城都罩在歡樂與奮中。

康梯約翰見狀，立刻下令向後轉；但已來不及。他們一族人物已爲廣大的羣衆所吞吸，一盼望間，大家都已分開了。我們並未將王子也歸入他們一族；但康梯卻將他仍揑得牢牢的不放。王子卻心頭亂跳，以爲時機已到，不逃何待。此時正有個喫了酒很高興的肥大水手，被康梯亂推亂擁的；他將大手往康梯肩頭上一拍說道：『喂，朋友，幹嗎這麼急呀？人家都享樂尋開心，你又何必拚了性命似的去趕甚麼呀？』

『我的事是我的事，不與你相干，』康梯粗暴的答道：『拿開你的手放我走。』

『你要走我倒偏不許你走，非要你喝一鍾祝威爾斯王子不可，』那水手說着眞穩穩的擋住了去路。

『那麼你就拿酒杯來，要就快點，快速點。』

別的人也都覺得有趣，齊聲喊道：『可愛的酒呀，可愛的酒！叫那惡棍喝一杯，否則推他下河去喂魚。』

於是一隻可愛的大酒杯捧來了；那水手一手持杯柄，一手假作提手巾，實行其古禮進酒，送給康梯，而康梯也就不能不一手接過酒杯，一手揭杯蓋，也還以古禮。這其間，那握着王子的一隻手當然不得不鬆開一兩秒鐘。抓到這個機會，王子還肯放鬆嗎，他一轉身鑽進如叢林的大腿中，轉瞬便

失了所在。此時的人頭攢動正如大西洋的波濤洶湧，而他便像一個失掉的小錢，看到那兒去找，

王子明白了這一層之後，便自顧自的向前掙扎，再也不管康梯約翰。他不久又明白了一件別的事。他知道有一位假冒的威爾斯王子正代替他在城中赴宴。他不難猜到就是那康梯湯姆，將假作眞，婢作夫人的頂替了他。

如此說來他僅有一條路可走——便是尋路到市政廳（guildhall）去給大家知道，並揭發假冒。他又私下決定先與湯姆以相當時間作靈魂的準備，然後將他絞淹，然後再發放，依照當時欺君罔上的規條辦理。

第十一章　在市政廳

且說由艦隊護衛着的御船正在萬千燈火齊明的船層中，沿着泰姆斯河浩蕩而來。半空都彌漫了仙樂；兩岸火焰輝煌；倫敦城遠映在無數祝火的光輝之下；除此又有各種建築的尖頂，直上靑雲，綴以點點繁星似的燈光，猶如籠綴珍珠的古寶劍，上插雲天；御船過時兩岸人民不斷的歡呼歡迎，大礮也不住的鳴放。

對於半身埋在絲絨墊裏的康梯湯姆，這一切聲音和景像簡直是難以置信的偉大奇蹟。但他身旁的小朋友，以利沙伯公主和桂琪恩小姐卻司空見慣不足爲奇。

不一時船達古倫敦的中心。湯姆下了船，和他的大隊人馬，取道進了市政廳。不用說倫敦市長和城裏一班穿紅袍掛金鍊的一班搢紳長老竭誠歡迎王子和公主們，領他們直上市廳的最高層去前面有傳令一路司發號令官又有持笏持刀的衞隊在前領引。至於侍候湯姆的大臣們貴婦們都在王子等的後面坐定。

在一張較低的桌子上坐了朝內的要人連同貴族以及其他高貴身份的賓客，至於平民則皆在一樓分成無數小桌就席。廳外是一對大人像，不知經歷多少朝代了，仍在默默望着這一切景象。此時忽聽一聲喇叭，接着傳出命令，便有一位肥胖的總管事從左邊牆門出現，後面跟着莊嚴整肅的侍者，捧出一盆熱氣騰騰的御用牛肉，以待操刀。

謝過神恩之後，湯姆（由於別人的指導）欠身起立——全屋隨之——從一隻肥大的金杯內與以利沙伯公主各喝了一口；於是傳給桂琪恩小姐，再挨次傳與全廳人衆。席筵於是開始。

到午夜時，宴會的豪興達到了最高潮。如今來了一幕當時所最豔稱的景象。有位歷史家所描寫的栩栩欲活的一段，且照抄如下：

『路兒讓開，進來一位男爵和一位伯爵，穿着土耳其式的點金長袍，紅絲絨帽，綴以大塊金球，並繞以寶刀。其次又進來一對男爵和伯爵，黃緞長袍，鑲以紅白緞邊，另是俄國典型灰皮帽，手執鐵斧，腳穿尖靴。此後又來一位武士，後跟海軍上將，後隨五位貴族，皆身穿深紅絲絨緊身襖，胸懸銀鍊；

外加紅緞短外套，頭戴舞帽，帽上有羽毛。這是普魯士的裝束。執火炬人約有一百，穿紅綠緞，面孔有如黑炭，也跟隨而來。此後又是化裝跳舞而來的歌者；大臣們貴婦們也聞風起舞，亂成一團，那時的狂歡卻是值得一覩的。』

這時候湯姆高踞尊位，眼看着這一班欲狂的舞蹈，燈光衣影中如天女散花，如落英繽紛，他簡直只有無言默賞的份兒，誰知道此時那眞的威爾斯王子卻正在市政廳的門口爭求他的杯利，揭發假冒並爭着要進去看閒！羣衆覺得這件事新鮮之至，大家伸長了頸子爭看那位小吵客。最後他們責罵他嘲弄他故意撮弄他使他生氣。王子不由雙目潸然下淚，但他仍以極正確的王室身份對付他們。但責罵和嘲笑仍有加無已，他不由怒叫道：『我再告訴你們，你們這班沒規矩的賤民，我是威爾斯的王子！你們看我如此舉目無親的在難中，卻無一人來解救我，還要轟我走，這是我的地方，我偏要留在這兒！』

『不管你是王子或不是王子，那倒無關緊要，你這孩子很勇敢，也不是舉目無親，看我來幫你的忙；我告訴你我漢登麻雖不高明，但不用你踏破鐵鞋去找，也就怪值得了。我的孩子，歇歇你的小嘴罷，我能說狗洞裏老鼠所說的話像打鄉談一樣。』

說話的人是一個高漢兒，骨架魁偉，筋肉強壯。他的緊身襖和外衣都是上等質料製成。但已毀敝不堪，金邊鑲飾皆慘然破碎；他的縐頸衣亦縐破損傷；嵌在頭上的一頂破帽，羽毛已毀，是汚濁不堪的樣子；他身旁懸了一把上銹的鐵製長劍；他那大言不慚的態度分明就是營盤裏的搗鼓手。他這麼一付怪裝束，說出這麼一段話，大家不由鬨然一陣大笑便有人喊道：『這又是一個假王子！』『朋友，少開口，像他是性命交關！』『喂，他在看哩——瞧他那雙眼眼！』從他那兒將孩子拖過來，送到飲馬池去喝水！』

提議一出，不知誰早就動手去拉王子；但轉眼之間，那生人忽然拔出長劍，鏗然一聲，自己向人中間一站。這一來只聽人聲沸揚『殺死那狗東西！』，『殺他，殺死他！』喊着一層層的人早將他圍起來，但他背牆壁一站，舞着一把長劍像發了瘋一樣。碰着他劍鋒的不是東倒便是西歪，但別人仍如潮般的湧上來，大有非得他而不甘心的情勢。正在千鈞一髮的時候，忽然一路穿來喇叭聲，且有人喊道，『讓道呀，皇帝的報信人！』接着便是一隊馬隊疾馳而至，將一班人駭得沒命狂奔，頓時如鳥獸散了。那勇敢的奇人捉牢王子的手膀，急忙逃出危險離開了羣衆。

我們再回到市政廳裏來。正在歌舞騁懷的高潮裏，突然一聲喇叭銳叫。頓時全堂死一般的靜下來；祇有從皇宮來的傳信人單獨沈重發言。大家都直立恭聽。結尾的一句話是：

『皇帝已崩了駕！』

全堂人員一致低頭抵胸，沈默至數分鐘之久；於是又一致屈膝下跪，向湯姆高舉雙手，驚天動地的叫出一聲：

『吾皇萬歲！』

可憐湯姆一雙遊移不定的眼睛望着這種景象簡直不知道如何是好，像夢寐一般的目光先落到跪在自己身旁的公主們，最後又望到黑特福公爵。忽然他像是有了主意。他低聲和黑特福公爵說：『老老實實的回答我，憑着你的良心說！是不是我現在可以發一種只有皇帝纔可以發的命令，而且別人都不敢反抗只有服從呢？』

『是的，我的君王。陛下現在是全英國的主宰，陛下是皇帝——陛下的話就是律法。』

湯姆於是以極誠懇，極宏大，極激勵的語調答道：『從今日起，皇帝的法律將以憐憫爲根本，而停止流血的法律！諸位請平身，並去大囚堡告訴老福克公爵，皇帝已頒他大赦！』

這幾句話有人聽見了，便從這人傳到那人，不一時全堂都知道了，當黑特福正要起身時，又是一片歡呼，聲震屋瓦：『流血的朝代停止了！愛德華萬歲！英國王萬歲！』

第十二章　王子與他的解救人

且說漢登麻和王子脫離了羣衆之後，他們盡揀背街小路直向河邊走去。一路倒還清靜，但到倫敦橋時又闖到人堆裏來了，漢登緊緊揑着王子，——不，是皇帝的手腕。那可怕驚人的消息業已通國皆知了，當然王子也聽見萬聲齊叫的——『皇帝崩了駕了！』這個消息有如在他背上澆了一桶冷水，渾身都軟了起來。他認淸了自己的大損失，他滿心都裝滿了悲哀；雖然那暴君是別人的閻王，但對他自己卻一向是溫柔慈愛的。想着他不由雙淚直流，視線模糊。一轉念，自己竟變成世界上最零丁孤苦的人了——但遠遠的卻又聽萬衆一聲的叫道：『愛德華第六世吾王萬萬歲！』又不覺兩眼發光一股驕傲氣都要衝到手指尖上了。『噢，』他想，『多奇怪多偉大呀——我是皇帝哪！』

他們兩人一路從人叢中慢慢向橋邊擠去。說起這有六百年歷史的倫敦橋，一向便是熱鬧繁盛的廣衢大道，牠的構造倒是怪希奇的，因爲橋的兩邊從此岸起達彼岸止盡是如密蜂房的商鋪大店以及人家。橋之本身已經是個小鎮市了，這橋上有旅館有酒樓，有麪包鋪，有雜貨店，有糧行，有手工廠，甚至禮拜堂都有。這座大橋將倫敦和南窪克(South Wark)像兩家鄰居似的互相接攏。兩地之間是一個窄窄的鎮市，有一條五分之一哩長的長街，裏面的居民約抵一村落的人數，他們彼此之間都很親切的認識，並知道上一代的父母也知道每天的小事情。這橋上當然也有老世家——如出名的肉店麪包店以及甚麼曾在此居住過五六百年不曾動身的鋪子，他們不但知道大橋從頭到尾的歷史，還能講各種奇奇怪怪的傳說；他們想在橋上，談在橋上生活居住在橋上。他們恰是一種狹窄，無知自蔽的人民。兒童誕生於橋上，生長於橋上，終久死在橋上，一輩子除了橋不曾踏出世界一步。所以他們理想中以爲世界最偉大最了不起的事便是每日從早到晚橋上川流不息的行人，亂成一片的喊叫，以及馬牛羊的叫聲等

這班生於斯死於斯的人們，除了橋以外任何處的生活對他們總格格不入，他們都感覺有受不住的枯燥和空虛。據說有一個在橋上過了七十一年的老頭兒退隱到鄉村去。但他祇能在牀上

輾轉反覆而不能成眠，因鄉村的沈靜太痛苦太難受太壓迫人了。最後他幾乎弄出病來，只好逃回他原來的老家，在那水聲，蹄聲，車輪聲以及人語聲的交響曲下他安而且樂的睡了一大睡。看這就是倫敦橋的奇妙。

漢登的寓所是在橋上一家小小的旅館裏。當他與他的小朋友快近門口時，只聽一個粗暴的聲音道：『你到底來了！你下次再逃我可要對你不起了；你拿個蛋去碰碰石頭看，也許能給你一點教訓，下次不致於再叫我們等』——說着康梯約翰便伸手去拉孩子。

漢登麻卻跨前一步攔着道：『朋友，別太快了。我看你用不着這麼兇。這孩子是你甚麼人呀？』

『是我兒子，看你管罷。』

王子卻喊道，『他撒謊！』

『講得好，我相信你，我的好孩子。無論這個惡棍是不是你父親，都不管，他總不能把你隨意拿去凌辱打駡，所以你還是跟着我。』

『好的，好的——我不認識他，我恨他，我情願死也不到他那兒去。』

『那就好哪，也不必多說了。』

康梯約翰怒叫道：『我們且看看手段，只有武力——』說着他就過來搶孩子。但漢登卻攔路一擋，手按劍柄說道：『只要你敢碰一碰他，臭東西，我準把你踩成肉醬！』康梯不由倒退幾步。漢登又說道『你聽着，這孩子是我從一羣亂民中搶救出來的，費了無數氣力，你說我能隨便交把你嗎？不管你是他父親也好，不是也好——老實說我看就不是——把他爽爽快快一刀殺死也比交在你手裏好。所以你滾你的蛋，快速點，不要惹起老爺的性子來。』

康梯約翰見不是路，巡逡自去，嘴裏嘰咕着威嚇和咒罵的話。漢登爬了三層樓梯，帶着小客人進了自己的房間。在外面他已經預叫了飯菜送來。這房間是很不高明的一間，祇有一張破牀和一些零零碎碎的傢具，兩枝有病也似的蠟燭半明不暗的照着。小皇帝見了牀便先躺了下去，他幾乎累死餓昏。可憐他在路上奔波已有一天另大半夜，現在已是清晨兩三點鐘的樣子，而且水米不曾沾脣。所以他只模糊自語道：『桌子陳列好再叫我罷，』說罷立刻沈沈入睡。

漢登不由眼睛裏露出微笑的光輝，自語道：『乖乖，這小叫化子進人家的房，睡人家的牀，自在得像是他自己的一樣，竟沒有一點不安，對不起或抱歉的表示。不知那兒來的瘋病，他自稱爲威爾斯的王子，並且做得十分像，十分勇敢。可憐的小老鼠一定受了惡待纔神經反常的好罷，我就作他的朋友罷；我救了他，他也釘着我，而且我已愛上這勇敢的小夥計了。當他對待那班惡人時他多麼英武威風呀！而如今撇去煩惱悲哀睡熟的小臉又是多麼甜蜜可愛呀！我要來教他，我要治好他的病：是啊，我要做他的大哥，照顧他服侍他；誰要手指敢碰一碰他，我就要他去見閻王！』

他低下身來對着孩子沈思，既感覺他可憐又覺得他有趣，不時用他那隻大黃手去輕撫王子的嫩頰又抹弄他的鬈髮。孩子的身體忽然一陣戰慄。漢登自語道：『看這怎麼辦呢，讓孩子光着身體打戰不給蓋一點東西還像個人嗎？但怎麼好呢？要抱他起來再送他進被窩準是要弄醒他的呀，他是倦得要命呀。』

他起身想找一些額外的蓋被，但尋來尋去沒有，只好將自己緊身襖脫下來給孩子包上說道：『我衝風冒雪是弄慣了的，一點兒冷是不在乎的』——於是在屋裏抱着膀子來回走以保持血脈活動，又自語道：『他的瘋病偏叫他自以爲是威爾斯王子；可不怪他不知道威爾斯王子已經升作皇帝哪……想我這七年飄流在外音信不聞，如果父親還在的話他一定肯爲我的緣故收留這孩子並給地方給他住，我的好大哥奧德一定也不加反對的；但三弟赫格那鬼畜生他一定會干涉的，看我將他的頭顱打碎！不錯，就這麼辦。』

一個傭僕端了一盆熱氣騰騰的點心進來擱在桌子上，挪好了椅子，自關上門去了。照例窮房客是不服侍的；關門的聲音驚醒了那睡熟的孩子，他一翻身半坐了起來，滿目都是忻喜的光，但一揉睡眠，四週看了一下，斗又滿臉沈痛之色，他長嘆一聲自語道，『哦，僅僅是南柯一夢而已。唉！』低頭一看自己裹着漢登麻的緊身襖，明白了他的犧牲，便柔聲和他說道：『你待我好極了，是的，你待我實在好極了。快拿去穿上罷——我現在不需要了。』

於是他起身走到角落上的盥洗處，立着等候。漢登快活的說道：『我們要有一頓好好的飯吃了，你看東西都是又香又熱的，你喫下去加上你剛纔的一場小睡一定可以恢復你的精神哪！』

孩子並不答一詞，祇死命的釘着那持劍的武士看，目光裏似乎有無限的驚奇還有一點不耐煩的神情。漢登見他這付形狀有點摸不着頭腦，問道：

『有甚麼事嗎？』

『好爵士，我要洗臉。』

『哦，就是這個！你在我漢登麻這兒還要請示嗎？你儘管使用好了。這兒一切所有的你愛用甚麼就用甚麼，切莫拘心。』

孩子仍舊站着不動；還用那不耐煩的小腳在地板上頓擊，漢登簡直給他弄迷糊了，又問道：

『嗨，又怎麼哪？』

『請你倒水，別這麼多廢話行不行！』

漢登忍住一陣大笑，自己說道，『天老爺，這箇直是了不得！』果然走去倒了水，隨即立在一旁發怔，直至第二道命令『喂，手巾！』纔又矍然驚醒。他一聲不則地從孩子的手邊取下手巾遞給他。等他自己洗臉時他那拾來的孩子已經上了桌子，並且準備動手了。於是漢登急忙將面揩乾，拖一張椅上就在對面坐下，剛挨近桌面時忽聽孩子怒聲說道：

『嗨，你在皇帝面前敢坐嗎？』

這一來漢登連心肝五臟都搖撼了。他自己咕噥道，『這可了不得，這孩子的瘋病簡直與時俱進哪！皇帝崩駕他也就進一步作皇帝！乖乖，我也得幽默一下纔對哩——這沒有別法呀——哼，好就好，不好將我送到大囚堡裏去！』

想着這個笑話倒可玩得，漢登便將椅子由桌前挪開，自己恭恭敬敬的立於王的後面，以極多禮的態度侍候着。皇帝喫的當兒，御怒漸消，慢慢滿意得想說話了。他說：『我好像聽你說你的名字叫漢登麻是嗎？』

『是的，先生，』漢登答；自己想道，『假使我要順着他的瘋病，我就得稱他先生，稱他陛下，不能有一點兒含糊，否則演習得驢頭不對馬嘴就糟了。』

皇帝高興起來又喝第二杯酒，說道：『我想知道你——將你的歷史說來。你的行動很勇敢，也還高貴，——你是貴族出身嗎？』

『我們是貴族的最末等，陛下。我的父親是一個起碼男爵——在武士職，叫做漢登李卻男爵。』

『這名字我暫時倒想不起了。再講下去呀——你的歷史。』

『陛下，我的故事沒有甚麽哩，但說起來也許要半個鐘頭哩。我的父親，李卻男爵；是個很有錢鈔而且性情非常慷慨的人。我還當孩子時母親就死去了。我有兩個兄弟：大哥奧特，同父親一樣好性情；但我弟弟赫格卻是個下流胚子，貪飲忤逆，乖戾，簡直是個兩隻腳的畜生。他從搖籃時代起便是如此，十年前我末一次看見他仍是如此——那時他已是十九歲長成的大胚子了，我二十，大哥二十二。我們這一房沒有姊妹，僅有表親的一個妹妹，叫埃廸小姐——剛在十六芳齡，——是個溫文典雅兼美麗的姑娘，他父親是個伯爵，她是她家唯一的承繼人了，有一份絕大的家私，還有爵位。我父親是她的保護人。我愛她，她也愛我：但她在搖籃裏便和奧特訂下婚姻了，當然我父親李卻公爵也不願他們兩人解約。但奧特已經愛上另外一個女的，所以他倒是希望我們倆成功，也好成全他。至於赫格呢，表面上他當然也說愛埃廸本人，但其實他是愛上她那份財產——他一向就是以東作西，指非作是的人。但他瞞不過埃廸姑娘；除了父親，沒有別人受他的騙。我父親在我們三人中最愛他；因爲他是最小的孩子，但別人都恨他，他有一張乖巧的嘴，天生的掉謊舌，這都是叫父親愛惜他靠實他信任他的原因，我那時也是很野的——按實說是我非常的野纔對，不過我的所謂野都是很天眞的，除了害自己無損於人的，也不曾作過一絲一毫敗壞門風的事。

『但我弟弟赫格就不然了，他知道我哥哥奧特身體不大好，他希望他更加壞些，也希望我不在他眼前，他就好——但這說起來話就長了，陛下，而且也不値得一說的。簡而言之，他異想天開的按放了一條繩梯在我房裏，買通了傭人作見證說我要攜我的埃迪私奔，那我的父親還有不相信的嗎？

『我父親說過，三年遠離家國可將我造成一個兵士和一個人物，而且學得一點智慧。果然我在歐洲的戰爭裏，嚐了千辛萬苦冒多少驚險；但最後一戰裏我作了俘虜，於是在異國土牢裏過了七年不見天日的苦日子。最後憑了勇氣和聰明我到底逃了出來，便筆直回到此地：而且不過是剛到；所以既無鈔又無衣着，更缺欠的還是知識。因七年的俘虜生活已消磨得我壯志都消了。喏，陛下，這就是我卑微的小史。』

小皇帝聽畢一切不由雙目發火，說道：『你受寃不輕。但我要代你伸寃，是皇帝說過的，憑十字架說我一定要！』

於是，因爲漢登的不幸遭遇，小皇帝也不由的將他自己最近所受的苦難滔滔的說了出來。漢登驚奇萬分的聽他說畢不由自己和自己說道：『嗨，他的幻想纔叫厲害咧！的確他的腦子不同尋常哩；否則，無論是瘋是癲，總不會將莫須有的事情造得這麼活靈活現的一個有頭有尾的故事呀。可憐的小癡子，我一天有日子過，總要留着他同我過。他永遠不可離開我；他要作我的小寶貝，小朋友。將來他一定會好的！——噯，好好教育他——總有一天他會出名——那時我便驕傲的說「是的，他是我的——當他無家可歸作流浪子的時候我收養了他，但我已經見到他的天才，我說他將來必定會出名的——瞧着他，看着他——我做的不是對嗎？』漢登正獨自說的高興，只聽皇帝說道——一個沈着有思想音調；

『是你救了我脫離損害和恥辱，甚至生命和皇冠也是你所賜。這種功勞是該派重賞的。現在你說罷，你希望甚麼，是我能力所能給的，我必做到。』

這一段意外的建議方驚醒了漢登的胡思亂想。他幾乎想立刻謝皇帝的恩，並說職之所在無庸給賞的話，但一轉念他又請皇帝讓他思索幾分鐘再爲決定——這一點極爲皇帝所贊成，他也以為大事情不可草草了事。

漢登先思想了一會，又自語道，『對的，就那麼辦——否則別的一定沒有機會可以做到的了——不錯好機會不可錯過，我來要求。』於是他屈下一膝來說道：『其實微臣所做的，完全是臣民應盡的責職，本不敢領賞。但陛下既天意如此，微臣敢向吾皇要求這個。大約是四百年前，吾皇也是知道的，英王約翰和法王不和，最後決定英法各派出英雄來決鬬，憑天意以決雌雄。於是英法兩國的國王都出場，還有西班牙的國王也請來作公證人；但法國所派出來的人勇武無比，以致英國的武士沒有一個人敢與他較量武器，那時候英國眼見着就要出醜了。但拘在大囚堡裏卻有一個全英最聞名的大勇士克爾塞公爵（Lord de Courcy）。後來便詔他應戰，果然他應命而來；一上戰場時，那法國人一見他那魁偉的身材，又早聽過他的威名，那兒還敢對手，早就逃之夭夭了，於是法國便輸了。英王約翰立刻恢復了克爾塞公爵的地位財產，又說道，「說出你的要求來，就是你要的值得我國家的一半，我也必給你；」那克爾塞公爵也就像我現在一樣的跪着說，「這個，吾皇呀，我我要求的就是願吾皇允許我與我的繼承人永遠有特權侍於英皇之側，直到永遠。」陛下是知道的他的要求答應了，所以這四百年來他們家沒有一代不是在朝廷裏的；便是今天，他們那一姓的家長仍然是穿戴着甲胄侍於君王之側，無人敢道一個字或阻擋他。因爲想起這麽一個老例，所以我也敢向陛下要求同樣的特權——就是我同我的子孫也永遠侍候英王！』

『平身，漢登麻子爵武士』，皇帝嚴肅的說着，『平身，坐下。你的要求已允許了。一日英國存留，皇位繼續，你的特權總不會失落。』

皇帝說完離席而去，漢登向桌旁椅上一坐自語道，『幸虧這一來，方闖過了這一關；我這兩條腳可站的够酸了。若是我不想到那一套話，也許說不定要站一個禮拜等那孩子好了纔罷哩。』過一會見他又說道，『如今我已變成「夢影國」裏的武士了！一個像我這麽實事求是的人有這麽一個地位倒是極古怪極希奇的。嗨，我不應矣——不，天老爺不准，因爲對我固然是笑話一場但對他卻是千眞萬確的哩。而且另一方面說也不完全是假的，因爲他的寬宏大量都表現出來了。』過一會兒：『哦，若他當着別人也叫我的頭銜怎麽辦！——那漂亮官銜和我這套破衣服可太差得遠啦！但不管；讓他愛叫我甚麽就叫我甚麽吧；只要他如意我也就滿足了。』

第十三章　王子的失蹤

此時的一君一臣都覺得瞌睡沈沈。小皇帝先說道：『代我去掉這些破布』——意思是指着他的衣裳。

漢登一句口也沒開，代他脫好衣裳，招呼他上了牀，然後將房間四圍一看，自己愁愁苦苦的說道，『他又像上次一樣的上了我的牀了——天，我怎麼辦呢？』小皇帝已經瞧到他的爲難，只睡眼矇矓的吩咐道：『你睡在門外看守。』說完自呼呼入夢。

漢登不由喃喃的誇道：『乖乖龍冬，他莫非生下來就是皇帝嗎？怎麼架子擺得這般好。』果然是他在門口伸直了身子躺下，滿意的自語道：『我已經過了七年再要難堪的日子，要這個睡處再要嫌好惡歹那天老爺也要不歡喜哪。』

到東方發白時他纔睡熟。約當近午時他又起身，拿條繩將小皇帝週身量了一下。剛量完時小皇帝驚醒了，立刻抱怨着寒冷，又問他在那兒幹嗎的。

漢登答道『這就好了，吾皇，我有點事情要出去一下，但馬上就會回來的；您再睡吧——您很需要的，來——讓我將您的頭也蓋好——那就暖得快點了。』

話還未說完，皇帝已經又入夢境。漢登躡手躡腳的出去，三四十分點後，又躡手躡腳的進來，拿着一套小孩穿的舊衣服；雖質料不佳且已穿過，但很整潔，正合那時季用。他朝椅子上一坐，反覆瞧那纔買來的衣服，自言自語的道：

『要是錢多一點也可買一套好點的東西，但你沒有錢嗎，亦只好將就含糊着用次一等的——』

嘴裏又唱起來：

「我們鎮上一個小嬌娘，
家住我們鎮子上——

『喲，別吵醒了他，——我得唱低一點兒的喉嚨；吵他睡覺可不對，可憐他走多少路，該有多累呀……這件衣服——倒還不錯——但這裏得縫一針，那兒得纘一線。這一件好得多，脫線一兩針不礙大事……但這一雙鞋卻是又結實又好，穿起來一定挺暖和挺乾燥的——這對於他還是新東西呢，可憐他寒夏還不是慣於光腳了的……針線就等於麪包，常看見人一年辛苦到頭，爲的是幾個錢，但我來使針卻是爲的愛。看我來做呀！』

果然他拿起針線來。就像一般潦倒時的男人所必得做的，也許是常做的一樣——緊緊的揑着針，將一根線試着向針眼裏送，那姿態同女人的恰恰相反。說也作怪，那條線竟像欺負人似的，時而在洞這邊，時而滑到洞那邊，再不然雙雙結起來；但他忍耐着毫不作煩，他當兵時原有過同樣的經驗。最後他到底將線穿上了，將候在那兒半天的衣裳搬過來擱在膝上，開始縫綴起來。嘴裏又嘰咕道：『旅館費是付過了——連今天要送來的早飯在內，剩下的還要買兩頭驢以及路上兩三天的零用，待到了家漢登堂時——』又唱道：

「她愛她的男——」

『哦呀！針戳到肉裏去了！……不要緊——這不是第一回……但可也不便當哩……我們回

家就要快活了，小人兒，那一點都不用疑惑！回了家你的困難都沒有哪，你的悲傷性情——

「她愛她的男人親親，
但另一個男人——

拿起衣裳來自賞自誇道：『好大的針腳呀！同那些小鬼裁縫的針線一比，他們做的多寒傖呀——』

她愛她的男人親親
但另一個男人又將她愛上——

『天，可做好了——做的又好還又快。我現在可要叫醒他，代他穿衣裳，代他舀洗臉水，侍候他喫飯，然後快點到南窪克的碼頭去——喂，起身罷，我的皇上！——怎麼他不答應——喂，皇上！——我既然他聽不見那我只好來碰碰他的御體了。怎麼！』

他掀開被單——孩子不見了！

他驚奇得半天說不出話來；再一看破衣裳也沒有了，這纔大發雷霆之怒一連聲叫旅館的老鬧。恰當此時，傭人捧進早飯來。

『快招出來，你鬼東西，否則你末日就到了！』他咆哮着向侍者身邊就是一蹤，嚇得那人也是半日開口不得。『孩子到那兒去哪？』

那傭人結結巴巴的回道：『老爺，你老人家剛離開窩兒，就有個小厮跑來說是你老人家的命令叫領孩子筆直到南窪克橋邊。我就領他進來哪，他叫醒那孩子，那孩子還埋怨一大車的話說不該「那麼早」就把他吵起來，但他穿起破衣裳就跟那小厮走了，還說你老爺該規矩好點親自來請，不該叫生人來，而且——』

『而且你個大笨豬！——這麼一個笨東西，這麼容易上人家的騙——就該吊死你這一類的笨貨！但也許孩子沒有甚麼危險，讓我去找他，把桌子弄停當了。等一等！這被窩弄得像有個人睡在裏面也是偶然的嗎？』

『老爺，這個我不知道。我看見那小斷弄的。』

『殺千刀的！這簡直是騙我——明顯的這是混時候。嗨！就是小斷一個人嗎？』

『老爺，就是一個。』

『眞的嗎？』

『眞的，老爺。』

『你再想一想——慢慢的想。』

過了一會那傭人說道：

『他初來的時候沒人跟着他；但現在我想起來了當他們兩個人上橋的時候有一個像土匪般的男人從近旁走出來正當他加入他們一股的時候——』

『怎麽樣？——快說出來！』漢登忍不住追問着。

『忽然一羣人往上一擠把他們包圍住，我就看不見了，而且老闆又發脾氣，喊我去罵，說我忘記了買合同，我雖然請萬千神道來證明他駡我不過像將未生的嬰兒去受審判一樣——』

『滾出去罷傻瓜！你這些廢話都能叫我發瘋！嚇你這就要飛嗎？你不能多站一分鐘嗎？他們是不是向南窪克那條路去的？』

『老爺——像我剛纔說的，就如那可惡的合同一樣罵我比將那未生的嬰兒送去審判還要——』

『又說廢話哪！滾出去，不，不看我來揍你』！那侍者連忙溜出來。漢登也跟着他，趕在他前面一腳跨兩步樓梯的下去了，一路咕嚨道，『這一定是那說是他兒子的那人幹的。我失去你了，我可憐的小瘋主人——這眞想不得——我是多麽的愛你呀！不行，無論如何我不能讓你就此走失！我就是走遍天涯也要將你尋到。可憐的孩子，我們兩人的早飯來哪——但我連飢餓也沒有了，讓耗子去喫罷——快，快，這纔是話！』當他在人叢中向前擠時，不住的說着這麽一句話：『他抱怨着，但他還是去了，他去了，不錯，因爲他以爲是漢敦麻叫他的，可愛的孩子——別人叫他他永遠不會肯的，我的確知道！』

第十四章　『老皇升天新皇萬歲』

同日的早晨，康梯湯姆也從一片濃睡中醒來張開眼睛。一看，天還是黑洞洞的。他靜靜的躺了幾分鐘，試着分析腦子裏一片紛紜的思想與雜亂的印象，看究竟是怎麼一回事，最後他陡然一聲極快樂但極戒備的聲音說道：

『我全知道了，我全知道了！現在應該多謝上帝了，我到底醒轉來了！快樂，來吧！愁苦，去罷！喂，蘭兒！貝兒！快一腳踢開那草席，爬到我牀前來，讓我將這奇怪不過的夢境灌到你耳朵裏去，聽了管叫你們驚奇死了哩！喂，蘭兒，來嗎！貝兒！』

一個黑影出現於他的牀前，低聲問道：

『陛下有甚麼命令嗎？』

『命令嗎？……哦，哦，該死，我知道你的聲音了！你說，我是誰呀？』

『陛下嗎？照實說，昨日陛下還是威爾斯的王子，今日卻是我們英國最尊貴的君王，愛德華了。』

湯姆將頭復又埋在枕頭裏，喃喃自語道：

『啊喲，這可不是夢了！先生，你且去休息罷——讓我獨自發愁罷。』

湯姆果然又睡熟去，隨卽作了以下的一個夢。他夢見正是夏天，他正獨自在一片草地上玩耍，忽然來了一個一尺高長鬍鬚，駝背的小矮子，向他面前一站說道：『就在那大樹根旁挖下去。』他就挖下去，便挖到十二個雪亮簇新的小錢——好大的財氣呀！然而這還不是頂好的哩，因爲小矮子又說道：

『我認識你。你是個好孩子所以是應該得的；你的苦日子完了，你的運氣來了。你每七天在這兒挖一次，每次都會有這同樣的十二個新小錢。別告訴人呀，保守祕密。』

於是小矮子就不見了，於是湯姆就挾着寶藏直向垃圾場跑，自己和自己說道，『每天晚上我就給父親一個小錢；他一定會以爲是我討來的哩，他一定就歡喜死了，也不會再打我了。那教我讀書的老神父每星期也給他一個小錢，那剩下的四個就給媽媽，蘭兒，貝兒。我們現在只是忍餓受冷，捱人打罵，多可憐呀。』

在夢中他一口氣奔到家裏，滿眼發光的將四個小錢擱在他媽媽大腿上並叫道：『這是給你的！四個全是的，每一個都是的！——是給你同蘭兒貝兒的——這是規規矩矩的來的，不是討的也不是偸的！』

那快活的驚異的媽媽一把摟過他來驚呼道：『天不早了——陛下可該起身哪？』

啊，那可不是他所希望的回答。好夢忽然中斷——他醒了。

他睜開雙眼——只見穿得極講究的寢宮第一大臣正跪在御榻前。快樂的夢境逝去了——他仍舊是一個俘虜，一位君王。屋內滿了穿紫色衣的侍臣（紫色是早晨的顏色）——還有許多其他高貴的僕侍。湯姆在牀上坐起身來從厚絲的圍幔裏望出去正好見到這一班人。

重大的穿衣大事於是乎開始，先是侍臣們先一一的挨次上來向小皇帝下跪並致唁慰的赤誠，因爲老皇升天了。然後總都管拿起一件襯衫來，隨即傳給卜克家的大公爵，大公爵便傳給寢宮的第二大臣，寢宮的第二大臣又傳給運森樹林的騎士長，騎士長又傳給衣管大使的第三人，衣管大使的第三人又傳給藍克斯特族的大公，由他又傳給御衣總管，由他又傳給御用戎裝大臣，由他又傳給大囚堡的將軍，由他又傳給宮中老總，由他又傳給世襲圍巾大臣，由他又傳給英國海軍上將，由他又傳給康特拜月的大主教，由他再傳給寢宮第一大臣，他方代湯姆穿上。可憐那莫明其妙的孩子見到這一套不由想起救火會傳水桶的把戲。

同樣的每件衣服都得經過這一套緩徐而嚴肅的過程；因此湯姆每穿一件衣感重一層疲倦，最後看到長絲襪從遠處慢慢傳過來時，心頭不覺一陣鬆快，他知道那煩麻事快完畢了。但他歡喜得太快了。當寢宮第一大臣正將襪接過要替湯姆穿時，忽然臉色一紅，連忙將原物退給康特拜月的大主教，驚慌的朝他一望，並耳語道『我公，請看！』——隨即指給他看。大主教頓時面色如土，隨又漲得血紅，立刻又將絲襪傳給海軍上將耳語道，『我公，請看！』海軍上將又迫不及待的傳給世襲圍巾大臣，耳語道，『我公請看！』於是絲襪挨次傳給宮中老總，又傳給大囚堡的將軍，又傳給御用戎衣大臣，又傳給御衣總管，又傳給藍克斯特族的大公，又傳給衣管大使的第三人，又傳給運森樹林的騎士長，又傳給寢公的第二大臣，又傳給卜克家的大公爵，一路夾雜着『看！看！』的細語，直到一雙絲襪又回到總都管那兒，他瞧了一下，灰白了一張臉，然後沙着喉嚨答道，『該死，該死，襪統口處的絲帶脫了一條！』——說着他倚着卜克家第一公爵的肩頭上，喘息未定，其時另一雙完美無瑕的襪子已經捧上。

但無論何事總也有個收梢，所以康梯湯姆也到底挨到下牀的時候。於是倒水的倒水，拿手巾的拿手巾，侍候洗的在旁邊侍候，好容易盥洗後又輪到梳頭。待頭梳過後，再加上紫色緞的袍褲，紫色羽毛的大帽簡直秀麗典雅得像一位小姑娘。裝束停當後，於是嚴肅成列的直向餐室裏走，兩邊侍臣如林，見他經過時皆齊齊屈膝致敬，並讓御道。

晨餐用畢，他又在一番皇室的禮數下由大臣們及一批扛明晃晃鋼斧的衞隊前呼後擁的簇上了寶座。早朝於是乎開始。他的『皇叔』黑特福公爵恭立於御座旁邊，以備天意不清時加以贊助。

一班被前皇指定的閣員們出席了，擬請求湯姆對他們最近通過的議案加以承認——其實是一種形式，但因爲刻下並無監國所以亦全非形式。康特拜月的大主教上前來報告閣議通過的前皇奉安日期最後說簽名承認的有康特拜月大主教，英國尚書；聖約翰公爵；魯塞爾公爵；黑特福公爵；約翰子爵，杜翰的主教——

這一切湯姆皆未聽見——叫他心裏迷糊的卻是另一件事。他至此忍不住轉過身去向黑特福公爵耳語道：『他們剛纔指定的葬期是那一天呀？』

『是下月十六號，陛下。』

『這眞奇怪。當眞這麼定規了嗎？』

可憐的孩子，他何嘗知道皇家的擺場；他只知道垃圾場死人的出送是另一種十分不同的手續。幸虧黑特福公爵回了幾句話方將他的心放下了。

國務卿出席奏聞說明日上午十一時爲閣議指定外國大使進謁皇帝的時期，伏皇上俯允。

湯姆向黑特福公爵打過問詢的目光，公爵便和他附耳道：

『陛下一定要答應。他們都是代表他們本國君皇的意旨來向英國和陛下的不幸致慰的。』

湯姆果如所請。於是另一個國務卿又開始讀一段關於前皇室的開銷問題——據說前六個月的支出達二萬八千鎊，數目之大直叫湯姆聽了喘不過氣來；及至聽了這一大筆款尚有二萬鎊是未付的債務，更加張口結舌，最後更叫他受不住的是皇帝的御庫已空空如洗，一千二百個傭僕的薪資無法支發，情形弄得很狼狽。湯姆朗朗地發言了。

『很明顯的我們空架子擺不下去了。我們衹得找一所較小的房屋住住，開銷大批的傭人。這一些傭人除了躭擱別人別無用處，他們所做的一些事都是叫人阻礙心靈的，誰經過他們的服侍也要變成一個沒有腦子沒有手的玩偶。我記得我們住的小房子對着魚市場不遠，靠近畢林斯門那兒——』

忽地湯姆的膀子給人緊緊一揑；他知道說錯了話不由臉一紅；但底下卻無一人表示任何異態全裝作若無其事的模樣。

又一國務卿出席啓奏說遵照前王遺旨實授黑特福公爵的職位，並將他令弟湯姆斯男爵也升作貴族，同時黑特福的令郎也晉升伯爵的職銜，同時還有其他功臣的加官進爵，於是閣議決定在二月十六日舉行一個總授職典禮；又因爲前皇不曾明文撥贈相當的財產，但閣員等深知前王聖意，故決定代贈湯姆斯一塊值五百鎊的田地，贈黑特福公爵令郎八百鎊的田地，——伏乞陛下俯允。

湯姆正欲冒出先還債後賜田的話來；但有主意的黑特福公爵不斷在揑他的臂膀，他便不敢響；於是他只好御口作准，可是心裏卻一百二十分的不舒服他坐着不由思想着這一切奇遇，忽然一轉念：爲何不封他媽媽做垃圾場的太郡並給她一份財產呢？但再一轉念又不由十分難過；他不過是名義上的皇帝罷了，那些老大臣和貴族纔是主人哩；要一提到媽媽他們準又以爲是瘋病發作，不但不會相信你，還立刻會去請醫生。

乾燥而無味的工作便如此進行了下去。讀請願書，宣言，佈告，以及一切有關公共事業各式各種的令人生厭的紙章；不久湯姆可憐巴巴的嘆了一口長氣喃喃自語道，『我到底犯了甚麼法上帝一定要將我從陽光自由的空氣裏捉來關在這兒作牢什子皇帝呢？』說着頭便搭拉了下來，最後落到肩上，竟自入了睡鄉；而大英帝國的國家大事也因此停頓了下來。四面靜悄悄的只聽見呼聲，大臣們瞪着眼互相望着。

近中午時，奉了上頭黑特福公爵和聖約翰的許可令，湯姆纔與以利薩伯公主和貴恩琪郡主頑了一點鐘的模樣，但兩位公主因爲皇室的不幸，興致也就不甚高，最後『長皇姐』——卽以後歷史上著名的『流血瑪利』——的嚴肅參見更叫他心頭發毛，幸虧時間不長還差可自慰。此後他獨自待了一會子，於是進來一個年約十二歲的細長小夥子，除了縐頸衣及腕節處的花邊爲白色之外其餘純爲一律黑色——緊身襖及長襪全是。他並未戴國孝，祇在肩際結了一根紫色緞帶。他光着頭彎着腰遲疑地向湯姆走來，隨卽屈膝跪下。湯姆不由將他望了半天，然後問道：

『孩子，你起來。你是誰？你要甚麼呢？』

孩子立起身來立於皇帝身邊，但臉上不由露出一些遲疑神色。他說道：

『我的君王，你一定該認識我呀。我是你老人家的鞭人童呀。』

『我的鞭人童？』

『是啊，陛下。我的名字是亨浦月——馬陸亨浦月。』

湯姆知道這兒有些人是他非知道不可的。如今該怎麼對付呢？——難道就假裝認識他同他胡扯一番嗎？那可不成。陡然一轉念計上心來：像這樣般等類的事一定會常常遇見呀，黑特福和聖約翰公務忙碌也不能常守在面前奉呼喚呀；何不利用機會實行自己來對付呢？不錯，這是個好主意——他不妨就利用這孩子作練習看能達到何種程度的成功。想罷，他摸着眉額猶疑了一會子，最後說道：

『現在我似乎想起一點來了——但痛苦卻阻塞了我的智慧——』

『啊喲，我可憐的主人翁！』那鞭人童驚呼着，又自己說道，『不假，就像人家所說的一樣——他是瘋了——唉，可憐！但該死我怎麼忘記哪！人家說不能表示注意他的瘋態的呀。』

湯姆又說道，『眞奇怪，這些日子不知怎麼弄的，我的記性盡不好。但不要緊，只要誰提醒我一兩句我也就能想起來的。「不但如此，即從未見過一面的也能扳談如遇故人哩——」不信看這男孩子。」你且說你的事呀。』

『陛下，其實這是無足輕重的小事情，但我還是願意求皇上的恩典。兩天以前，陛下上晨課的時候錯了三次希臘文——記得嗎？』

『是——是我想大概不錯。「也不算扯謊哩——我到底也碰過希臘文的，不過我錯了不單是三次，卻四十次也不止呀。」不錯，我想起來了——你再說下去呀。』

——『那老師因爲教出這麼蠢笨不靈的成績大發盛怒，說一定要將我結結實實的打一頓——並——』

『打你嗎！』湯姆嚇了一大跳。『幹嗎我做錯了事要你捱打呀？』

『噢，你老人家又忘記了。您功課一唸得差一點他總是罵我的。』

『不假，不假——我是忘記了。你下次背地裏教我——如果我再讀不出的話，你就說你的責任已經盡到了，再——』

『啊喲，我的皇上，這是些甚麼話呀？我不過是你僕役中最下賤的一個，敢當教您老人家嗎？』

『那麼到底你的錯處在什麼地方呢？這究竟是個甚麼啞謎呢？是我瘋了呢，還是你？你明白說出來，』

『但是我的好皇上呀，這並沒有甚麼需要解說的呀。威爾斯王子的是御體，卽或他做錯了事，也無人敢碰他一下呀，所以便是我來承當呀；那也就是我的職務和飯碗。』

湯姆瞪着那靜穆的孩子，自己自語道，『喝，這可是再奇怪沒有的事了——這種交易可眞夠出奇的；我奇怪他們爲何不租一個孩子來代替我梳頭穿衣裳——要如此眞謝謝蒼天了！——如果他們眞肯如此做，我倒情願自己捱打，還要多謝天老爺哩。』於是又高聲說道：

『那麼，可憐的小朋友，你已經捱過打了嗎？』

『還沒有哩，我的好皇上，原是指定在今天打的，但因爲國喪所以緩刑；又叫我來提醒您老人家下令寬恕——』

『下令給老師叫他別打你嗎？』

『噢，您不是記得的？』

『你看我的記性不是好點哪。你別害怕——你的脊背一定不會挨打的——你看我來下令。』

『哦，多謝多謝，我的好皇上！』孩子喜極而呼，又跪下一膝。『也許我已經要求得够多了，但……

……』

看見亨浦月那付遲疑的態度，湯姆便告他放心說下去，又說他的脾氣很好。

『那麼我就說出來了，因爲這簡直是我的心事。如今您不是威爾斯王子而是皇上了，您可以說甚麼做甚麼，沒有人敢講一個不字的；說不定您發起狠來不肯再唸這牢什子書了，燒掉了書也作興，要找點好頑的事情幹幹了。那我就毀了，還有我的孤兒姊妹們也就毀了。』

『毀了，這怎麼講？』

『哦，皇上，我的脊背就是我的麵包呀！如果脊背閒着沒事做，我就得餓死了。若你一旦不讀書，我的工作就沒啦，您也就不再需要鞭人童了。您不要攆我走吧！』

聽了這一篇話，湯姆深深覺得不忍。他以君皇的大量答道：『孩子，你別焦心事啦。你的工作準歸你以及你的子孫永遠享受。』說着又用劍背敲敲他的肩頭，歡呼道，『起來，馬陸亨浦月，英國世襲皇室的鞭人童！別再愁苦了——我一定繼續讀書，而且一定讀得極壞，好使他們付你充分的薪金，並且也要叫你的工作加多。』

亨浦月應聲答應道：

『哦，最大量的主人，謝謝謝謝，您這一開恩放下我多日的愁腸了如今我一輩子可喜很了，而且馬陸家的後人也不愁了。』

湯姆心下很明白這孩子可以幫他的忙。所以他一直鼓勵那孩子講話，說他並不討厭。至於亨浦月也覺得高興，因爲他相信是在幫忙診治湯姆的瘋病，因爲每逢他講究有關他們從前各式各種的經驗和冒險，不論是學校內的或宮殿其他地方時，他總注意到湯姆似乎是『回憶』起來了。及至一小時湯姆覺得已經裝了一肚子有價值的史料，都是有關朝廷的人物和事實的；所以他私心決定每天要來向這孩子討教；而且此後他要關照大臣們讓亨浦月無論何時得便，只要皇帝無約會時都可自由進入皇帝內宮不得有阻

亨浦月剛好離開，黑特福公爵已到，又帶了更多的麻煩給湯姆。他說國會的大臣們說的，恐怕皇帝的疾病有以訛傳訛，傳到國外的危險，所以大臣們以爲最好是請皇帝過一兩日後當衆進御

宴，以釋羣疑。以那豐滿的御容，強有力的腳步以及安詳的應對，來闢謠，較甚麼還來得有效。

於是公爵很小心的以微言將該日所應該奉行的規矩透露一點；但叫他感激不已的是湯姆於這一點上並不需要他的幫忙——他已經利用了亨浦月的報告，因為亨浦月已經告訴他幾天之後就得在當衆進御膳；那是他從朝廷裏拾來的閒話，因此湯姆便用着了。

一看皇帝的記憶竟大有進步，公爵不由又以極平常的態度測驗測驗他看他究竟進步多少。誰知結果竟非常可喜，甚麼關於運動的事——一點點一星星都還知道——因此我們的公爵又快活又得了鼓勵。他滿含希望竟又接下去問道：

『如今只要陛下再用心想一想，便能將國璽的大啞謎解決了——雖說今日這國璽之有無已無最大關係，因前皇業已崩駕，當然國璽當重換，不過昨日是很重要的。陛下可能想一想嗎？』

湯姆可掉在海裏去了——國璽是個什麼東西他根本就不知道。他猶疑了一會子，然後抬起頭來天眞的問道：

『國璽是個甚麼樣子呢？』

伯爵可噤住了，他忍不住自語道，『壞了，他又瘋了！——』於是他立刻又換談話的題目，好叫湯姆忘記國璽的念頭，果然很容易的成功了。

第十五章　湯姆的王政

第二天外國各大使帶着極漂亮的侍從來覲見了；湯姆也就高踞寶座，肅然接禮。那一種朝參的儀節和光榮起先很叫他眼裏看着快活，但一幕一幕的太長而無味了，以致這位看客漸漸不耐煩而且想起家來了。湯姆不時將黑特福放在他口裏的話照樣回出來，努力想叫自己應對的滿意，但做皇帝的這件事實在對他太生疏了，因此他心有餘而力不足，仍然離成功甚遠。他的一付裝束自然很像一位九五之尊，但他心理上卻萬難感覺自己是個君皇。所以以朝見完畢時他樂得如出水火而登袵藤。

他一天的時候大部分是『浪費』於（他自己心裏說的）總理萬機。甚至於兩小時的遊憩亦等於重負，因爲遊憩並未實現倒是一大車的禮數拘束住了。唯一他認爲滿意的還是與鞭人童一小時的密談，從他不但得到相當的慰安還可得許多必需的消息。

湯姆做皇帝的第三天來了，所做的事仍與前數日一樣，但他覺得較開頭舒服一點了；對於環境也習慣一點了；他的鍊子雖然未鬆，但不是整天都鎖着的了；便是最叫他感着痛苦的大臣們的言談儀禮也逐時安之若素了。

但有一件事他不免提心吊膽的，就是第四日，開始與公衆聚餐的一日。那天不但是喫飯的一件事，他還得作國會主席討論對付世界遠近各國的政策；那一日又是黑特福晉升爲攝政王的吉日，另外還有其他瑣事，但這一切在湯姆看來都沒有他那當衆進餐的一回事再來得嚴重，想一想那萬目所集，萬口所指點私語的味兒，眞不知道如何方捱得過去。

然而，無有一種能力可阻止這第四日的來臨，所以牠來了。這一天，湯姆可憐變得氣息奄奄，神魂失據，無論如何振作不起來。早晨照例的公事纏着他的手，更加他一層懊惱。他不由再度的感覺所過的是囚俘生活。及至近中午時。他已經身臨一間集合着廣大聽衆的房子，和黑特福公爵談着，一面在呆呆的等候那指定覲見的吉時來臨。

過了一會兒，湯姆再也捱不住了，便溜到窗前向外覲望，不久便覺得宮門外遠處大路上人民的生活和動作非常有趣——不但感着有趣，更滿心想能如他們一般自由活潑的過一日也好——想着忽見大路上蜂擁着來了一羣大呼小嚷的人們，有男有女有小孩盡是下等的貧民。他看不清是怎麽一回事，但好奇心忍不住叫他驚呼道，『我要知道那是做什麽的就好了！』

忽然黑特福公爵在旁邊恭恭敬敬行個禮，答道，『陛下是皇上，可要微臣去打聽嗎？』

『哦，好極了！哦，那就費心之至！』湯姆致謝不遑，又心裏滿意的說道，『老實說，做皇帝也不全是煩惱哩——皇帝也有相當的賠償和便利。』

伯爵叫過一個童僕，吩咐他傳命給御林軍的隊長道：『皇帝有令，叫問那班亂民是幹甚麽的！』幾秒鐘之後，一長行的禁衛軍，全身戎裝的走出宮門之外，將大路上的亂民全數包抄起來。一位傳信使者回來報告說羣衆是跟着看殺人的，一男一女及小女孩犯了有礙國家治安並尊嚴的罪，因此論死。

死——殺死——將這些人活活的致死！這思想振動了湯姆的心弦。立刻一種憐憫的心情控制了他，將現實一切都忘光了；他決未思想什麽叫作犯法，也未思及那三個犯人危害於別人身上的痛苦或損失，他不想別的只想到斷頭臺以及懸頭示衆的惡命運。他滿腔爲熱情所注，竟忘記自己不過是一個傀儡皇帝罷了；不加思索的他迸出一道命令：

『把他們帶過來！』

說完之後，他不覺臉漲得血紅，抱歉的話已衝到脣邊；但一看他所發出的命令並未引起伯爵或侍童的驚異，他又將要說的話縮了回去。那侍僮更認乎其眞的深深的行了一個禮，方倒退着走出去傳發御旨。湯姆不由露出一點驕傲的光輝，再度感覺到做皇帝的特權。他和自己說道，『的確，這就像我每逢讀老神父的書後所常感覺的心理一樣，自以爲是王子，隨意施發命令，說「做這，做那」卻無人敢道一個不字。』

門一道一道的大開了；先是侍者高呼着一個一個的官銜，然後頂着官銜的人兒便跟着走進來，不久那一處便滿了貴族及要人。但這一班人的出現對於湯姆是毫無所動，他整個身心所繫屬的卻是另一件更加有趣味的事。他高踞寶座，轉着一雙眼睛只不耐煩的瞧着門外；見那最叫他作煩的那班人正竊竊簇簇私語着朝廷新聞及國家大事。

不久，武裝同志的步履聲由遠而近，囚犯亦由州長的副官並皇帝的禁衞隊押着前來。民事長官先在湯姆面前跪了一跪，隨卽立於一旁；三個犯人則齊齊跪倒；禁衞軍便立於湯姆的椅後。湯姆朝那男罪犯一看，不由暗暗一驚，心裏道『我好像看過這個人的呀，但什麼時候，什麼地却記不清哪。』恰巧這時那人抬起頭來，但因爲天威森嚴又迅速低下去，便這一瞥間湯姆已經看見了他的臉。他自己說道：『現在事情可明白哪；他就是在天寒風厲的元旦日將郁格爾由泰姆斯河拯救出來的那人呀——那麼見義勇爲的——可憐他竟犯法遭這該死的官司………我那天的事怎麼也忘記不了，便是時辰也記得很清楚呀，原因是那事發生的後一小時，剛剛是鐘敲十一點，我被康梯老奶奶鞭撻了一大頓，那一頓打的厲害簡直空前絕後的，我死也忘不了。』

湯姆當卽命令將那婦人和女孩帶過另一邊去；於是問州長的副官道：

『賢卿，這人所犯何罪呀？』

副官跪下答道：

『回陛下，他毒死了一個老百姓。』

湯姆一面又可憐犯人的遭遇，一面又敬佩他救孩子仁勇兩種情緒交織成一種難以言說的心境。他問道：『事情證出是他幹的嗎？』

『非常清楚，陛下。』

湯姆歎了一口氣，說道：『帶他去罷——他自己找的死。眞可憐，他是個勇敢的好心人——不——不——我意思說他的樣子像？』

囚犯忽然一鼓作氣的合起雙手來，斷斷續續的哀告道：『哦我的天皇呀，開開恩可憐我罷？我是寃枉的呀——證據亦不充分便定了我的罪——那我亦不說了；既然已經判決當然亦無反案的餘地；但我只求陛下對我額外開恩，因爲我的刑罰簡直過於我所能擔當的。開一個恩，開一個恩罷，我的天皇！我的天皇求天皇聽我這最後的祈求麽——發道御命賜我絞死罷！』

湯姆可眞驚異了。這可不是他心目中所想像的結果。『這就怪了，叫我開恩賜你絞死！那不就是你的罪名嗎？』

『哦，好皇上，不是的！我的罪名是活活的放下滾水裏燙死！』

這幾句駭人聽聞的話幾乎叫湯姆從椅子上跳出來他定了一定心神纔喊出來道：

『可憐的人，照你心願罷！便是你毒死一百人也不能受這麼慘的死法呀。』

囚犯一聽，喜得連忙以頭抵地，迸出無數感激的言詞，最後幾句是：『陛下眞能體念衆生——廢此上帝所禁止的慘刑——上帝必要報答您，人民也必要紀念您的！』

湯姆轉身問黑特福公爵道：『卿家說這人的罪名眞是這麼着的嗎？』

『回陛下，這是大英律法如此，——凡毒人致死的罪犯皆一律滾刑。在德國，鑄私幣的犯人還用滾油炸死哩。——還不是一個時候放下去的哩，用一根繩繫着人，慢慢，慢慢的丟下去；先是腳，後是腿，再是——』

『哦，請你別說下去哪，卿家，我受不住哪！』湯姆雙手蒙着眼睛不讓他再說。『我請你老卿家發令將這律法改一改——哦，別再讓可憐人受這些苦罷。』

伯爵現出一臉的感激，因爲他也大量心慈的人——在那種暴厲的時代在他那種階級裏卻是不尋常的一件事。他說道：『陛下一句慈悲話挽轉了他的慘運。後世歷史也必記念天恩。』

州長副官剛欲將犯人帶走；湯姆卻揮着手勢叫他等候；於是他說道：『賢卿，我還要再進一步審問本案。剛纔這人說證據亦不充分。你且說你們審鞫的結果如何。』

『回陛下，審鞫的結果是這人曾經進入以色林吞莊的一家去，裏面躺着一個病人——三個證人說是在早晨十點鐘，兩個證人說十點過幾分——那病人一直是獨自躺在那兒的——後來這個人就出來哪，然後就走了。誰知那病人不到一點鐘就死了，死時現有痙攣和嘔心的痛苦。』

『可有誰看見他放毒嗎？毒藥可找出來了嗎？』

『哦，那可沒有，陛下。』

『那麼你如何知道是放了毒呢？』

『回陛下，醫生證明的說除了中毒沒有人死時的狀態是那麼樣的。』

在那種時代這一個證據是強有力的。湯姆也知道的，於是他只說道：『醫生當然是內行人——許不會錯的。可憐這個人嫌疑果眞重。』

『還不單是嫌疑重哩，陛下；還有再糟糕的事哩。許多人見證說有個女巫，自打村子走後無人知道她上那兒去了，曾經和他們私下預言過說那病人必死於中毒——而且說放毒的必一生人——又說這生人是一頭棕色頭髮，穿一件敝舊的平常衣服，果不其然這囚犯一一都碰準了。陛下請看，這都是早就定好了的，他還有甚麼說的？』

在那種迷信的時期，這種辯解是極有勢力的。湯姆覺得事情已無再迴旋的餘地了；他知道只要證據有力，這可憐人的罪案便證實了。但他還給囚犯一線生機，說道：『你還有什麼爲自己辯護的嗎，說出來。』

『唉，就是說了又有何用呀，皇上。我是寃枉的，但是我沒法兒證明呀。我說無親戚又無朋友，否則也可證明我那天委實不在以色林呑村了；也能證明我不但不在以色林呑而且還在三哩之外哩；他們硬說我殺人，豈不知我正在救人哩。一個淹在河裏的孩子——』

『趕快！州長，他殺人的事是那天幹的呀？』

『早晨十點鐘，或許十點過幾分，新年的第一日——』

『讓犯人自由去罷——這是皇帝的命令！』

命令發出之後，他又不由一陣臉紅，但因爲底下沒有異態的反應，於是他又接言道：『像如此薄弱無意義的證據便能致人死罪，眞叫我生氣！』

全堂的人不由掠過一片讚美的簇簇私語。並不是釋放一個毒死人的囚犯值得他們讚美，讚美的是湯姆所表現的才智和品格。有人小聲音說道：『這並不是瘋皇帝呀——他的才智還淸楚得很哩！』

又有人說道：『他所問的問題多麼頭頭是道呀——這纔像他原來的性格了，判事如神！』另一個說道：『謝謝蒼天，他的瘋病可好了！他不是一個可欺負的孩子，而是皇帝了。他生就的就像他父皇。』

於是全堂的空氣裏充塞了歡忻之情，當然湯姆的耳朵裏也括着一點。他自然也就安寧了好多，對於做皇帝便也就泰然了不少。

但不久，他那孩子的好奇心又壓服了一切快樂的念頭與感覺；他又急於要知道那一婦人和女孩所犯的罪；於是一聲命令之下，兩個哭哭啼啼的可憐蟲帶來了。

『這兩個女的又犯了甚麼法哪？』皇帝問州長。

『回陛下，他們犯的妖法害人罪，查有實據，所以審判官判決絞死。她們出賣自己給魔鬼——這就是她們的罪。』

湯姆聳一聳肩表示厭惡之意。他自小便有人教他恨惡這一類邪魔惡道的事。但他的好奇心又忍不住叫他問道：『這事在那兒幹的呢？——在甚麼時候呢？』

『是臘月的一個半夜裏——在一個破落的教堂裏幹的，陛下。』

湯姆又聳一次肩。

『有誰在場的呢？』

『就他們兩個，陛下——還有那一個。』

『這一切他們都承認了嗎？』

『哦，沒有——他們一定不肯承認。』

『那麼，那麼事情怎麼會知道的呢？』

『有些證人的確看見他們往那兒去的，陛下；這就叫人起疑心哪，而以後就發生可怕的事情哪。最特別的是她們施行妖法以後，就引起了一陣暴風雨將那兒週圍的地帶都毀了。證明的確有暴風雨的一共有四十個證人而其實要一千個證人也不出奇，因為他們都記得這一回事，而且還都是身受其害的。』

『這的確是樁辣手的案子哩。』湯姆心裏轉着念頭，口裏卻問道：

『那女人也遭了風雨的害嗎？』

這一個聰明的問句發出之後，大廳裏幾個老年人都點頭不語。州長一時還未猜透問句的意義，便直率的答道：

『那還假陛下，她纔遭殃不輕哩，而且人家都說她報應昭彰哩。她的房屋都給捛去了，她與孩子都無片瓦遮身。』

『我想如果她自己也遭了殃，那她學這妖法就太不上算了。如果她要害人卻賠上自己和孩子的靈魂，除非瘋子纔這樣做。若她果然是瘋子那麼她就不自知幹一些甚麼，所以也就不能算她犯罪。』

那一班老年人的頭又一次點得像博浪鼓一般，又有一人喃喃說道：『如果眞如道聽途說皇帝是瘋的話，那他的瘋恰是促進健全的瘋哩。』當下湯姆又問道。

『那你孩子幾歲哪？』

『回陛下，孩子九歲。』

『依照英國律法，孩子可以訂約出賣自己嗎？賢卿？』湯姆轉過身去問一個有經驗的法官。

『回陛下，律法並不許未成年的孩子參加任何重大事情，因爲他們的知識未開，不比成人的判斷力。如果一個惡人想買一個孩子，孩子也願意當然沒有甚麼不可，但一個英國人——在這種情形之下，那合同要算無效作廢的。』

這時那婦人已經停止哭泣了，似乎對湯姆的態度從絕地裏漸漸生出希望來。湯姆看見不覺有無限同情。於是他問道：

『她們起暴風雨是怎麽起法呢？』

「把襪子拉下來就成，陛下。」

這可叫湯姆驚奇了，他的好奇心頓時升至沸點。他急切的說道：

「這眞神祕極了！每次都能引風喚雨嗎？」

「每次都能，陛下——至少那女人願意就行，只要她口裏或心裏唸一唸咒語就成了。」

湯姆連忙轉身和女人一腔子熱誠說道：

「行個妖法——讓我看看暴風雨！」

這一道命令發出之後，那最迷信的一堂人衆都嚇白了臉蛋，大家面上不表示但心裏卻想逃，但湯姆一點兒不在意，只想看把戲。他看婦人臉上有驚慌之色又加一句道：

「你別駭怕——我赦你無罪。而且——你還可得自由——沒人敢碰你一下。快行妖法。」

「哦，我的皇上呀，我沒有——我是被人寃賴栽害的呀。」

「你還是怕哩。你放心好了，絕對不會害你的。弄一陣風雨——不管多少的一個都行——我並不一定要大的害人的，只要頂小頂小的一個——弄過你就可以不死了——你可以帶着你的孩子自由回家，再沒人敢害你哪。』

那女人俯伏在地，涕淚泗流的辯白她實在沒有妖法，也不會引風喚雨，如果不信她情願就死，只求留下孩子，如果皇恩浩蕩的話。

湯姆再三勸駕，——女人便再三申說。最後他說道：『我想婦人的話是對的。如果我媽媽是在她的地位上，若她眞有呼風喚雨的妖法，若爲救我命的緣故她一定會毫不遲疑的就行出來。當然天下的媽媽都是人同此心。好婦人，你自由哪——你同你的孩子——我想你實在是無罪的。現在你不要怕吧，朕已經赦免你了——將你襪子拉掉！——只要你來個風雨就可以富哪！』

當下那婦人大喜過望，正預備服從，湯姆也一心一意的等候着，忽然底下一班朝臣表現出不寧和懼怕的騷動。其時女人已經脫下自己和孩子的襪子滿心想來個大大的天崩地裂以酬天恩，但結果卻是一場空，失敗了。湯姆歎了一口氣說道：

『算了，好婦人，你也別再費勁了，你的妖法想必不在家。平平安安的去罷；如果甚麼時候你得便再來，不要忘記，千萬帶着風雨來！』

第十六章　國宴

御宴的時間逐漸近了——然而奇怪的是，湯姆並不覺得絲毫不安，更無懼怕的念頭。早晨的經驗已經奇異的鞏固了他的自信；若我們說一個成年人在一個月以內可以習慣一個新地方，那麽一個小灰貓經過四天的訓練也可習慣他的閣樓了。尤其一個孩子是更富於適應環境的能力的。

且讓我們趕個先，先到湯姆已經準備好要出場的御宴廳裏看一眼。這是一間極深大的房子，亮晶晶的方柱圓柱，以及耀眼欲明的壁畫天頂，着實表現出一派皇家富貴。門口立着高大的禁衛軍，挺硬得個個像銅像一般，全身都是富麗的武裝，手裏拿着戟桿兒高高一圈的包廂裏盡是音樂隊和男女市民，盛裝而待。屋中間一座高起的檯子上便是湯姆的餐桌。如今我們聽歷史老人說話：

『一個捧杖的紳士進入房子來了，後面跟着另一個捧桌布的人，他們雙雙以極隆重的儀式起跪了三次，然後第二人將桌布鋪在桌子上；又跪拜如前，然後退出；然後又進來兩位，一位又是持杖的，另一位則捧鹽罐，盤子，及麵包，他們也照樣行禮如儀，擱好東西又跪拜然後退出；最後又進來二位衣裳麗都的貴族，一人捧着試味力雙雙以最恭敬的態度跪拜之後，然後走攏到桌邊，送上麵包與鹽，其恭敬之誠一如皇帝眞坐在上面一樣。

如此便結束了嚴肅的開端禮。此後，長廊裏便遠遠傳來吹角聲，接着有人喊道，『迴避呀，肅靜呀，皇帝聖駕到！』這些聲音不斷的在重複着，——而且愈來愈近了——最後，軍角聲幾乎撲上我們的臉上了，又聽得大叫道，『讓道給皇帝！』隨卽出現了那班耀眼欲明的隊伍，嚴肅整齊的走了進來。我們再聽歷史老人的話：

『先進來的是紳士，男爵，伯爵，武士等，都一例盛裝禮服，光着頭頂；其次是由二人擁簇着的宰相，走進來二人中一持御杖，一捧紅鞘的御劍，然後纔是皇帝，當他一人出現時，十二副號筒及無數大鼓齊時吹鳴，迸出極動人的歡迎，包廂人衆便齊齊起立，喊叫道『上帝祝福吾皇！』皇帝後面是貴族，左右是五十個御衞軍各掛一把明晃晃的鋼斧。』

這簡直是又優美又可喜的風光。湯姆喜得心頭像小鹿般亂撞，雙目發光。他舉止合度，恰合皇家身份，因爲他滿心已爲服裝的旖旎風光所佔據，再無暇自驚自疑了，尤其他那一身漂亮絕頂的衣裳，又經穿慣之後，誰也不能不舉止優美呀。湯姆還記得別人教他的功課，他向致歡迎的人們微點那戴羽毛大帽的頭道，『朕謝謝你們，我的好百姓。』

他坐上餐桌，並未脫帽；而且毫不以此爲不寧；因爲皇帝戴冠與臣民喫飯是當時的皇家俗尙。至於其他人等，各自散坐在自己的席上，依然是光着頭的。

現在，在音樂悠揚聲中，近衞官進來了——『英國最高大最強有力的人方被選爲此種衞官』——但我們且聽歷史老人述說：

『近衞隊光着頭進來了，衣紅色衣，背繡金線玫瑰；彼等出出進進，每次總捧着幾道菜。這些菜又依次由一紳士接收，然後呈送御桌上，先由嚐食人嚐試無毒後方進呈皇帝。』

湯姆不管幾百隻眼睛如何釘牢着看他喫每一口食物，好似比唯恐他立刻會炸成灰粉的那種注意還來得關切，他竟從容喫了一頓好飯。他留心自己不過於急忙，又留神不使自己動手，一樣樣都等別人跪着呈送服侍他通席不曾有一點失禮——簡直是毫無破綻珍貴無比的勝利。

及御宴完畢，他又整步退席之時，伴着漂亮的隊伍，熱鬧可喜的角聲鼓聲以及如雷一般的歡呼，他覺得當衆進餐簡直不是一樁難事，如果他能減少一點辦公理朝的時間換上一日數次的喫飯，乃是再好沒有的事。

第十七章 『呆子國王頭號傻瓜』

卻說漢登麻一路向南窪谷的橋頭急急跑去，不住的東張西望，恨不得馬上追着那拐他小皇帝的人。但對於這一着，他竟失望了。雖然一路詢問的結果，指示他一點兒頭緒，但問到最後，還是停在歧路不知如何進行。然而，他在那一整個的下午，依然盡力尋找。直至黃昏夜降時他已累死餓昏，然而氣力仍舊是白費，不得已他回到旅館裏吃頓飯爬上牀去了，打算明日起個絕早將通城大搜一下。當他躺着一面思想一面計劃的時候，忽然自言自語道：那孩子若在可能圍範之內，一定會逃出那強盜似的父親手裏出來；他能跑回倫敦故居去嗎？不見得，他一定怕再被捉回去。那麼，他怎麼辦呢？在碰見我漢登麻之前他並無一個親戚朋友，當然現在除了來找我，再不會到倫敦去自投羅網。如此他定會向漢登堂我家裏去投奔的，他知道那兒有家，也能找到我。不錯，漢登以爲自己想的再不會錯——他不該在南窪克再浪費時間，應該筆直回家。且讓我們回來補一筆小皇帝的事。

說到那旅館的茶房所告訴漢敦麻他所看見那將要加入小廝和皇帝一般的土匪般的男人，當時並未眞正擠上，只緊緊在後面跟着。他一句話也不說，他左腕包着吊腕帶，左目上也罩了一塊很大的綠布；走路微帶蹺跛，拄了一根棍子。小廝帶着皇帝轉彎抹角的穿過南窪克，漸漸到了前面的大路上。皇帝至此發了脾氣了，說他要就守在那兒——按理漢登麻應該去就他，他不應該反去就漢登麻。他不能忍受這種侮辱，他非留在那兒不成。於是小廝說道：

『你情願留在這兒，反讓你受傷的朋友獨自躺在樹林裏不成？所以我看你還是走的好。』

皇帝立刻改變了態度。他喊道：『他受傷了嗎？誰竟敢如此大膽呀？那且不管；你領路，領呀！快快，快領！他眞受傷了嗎？害他的人便是伯爵的兒子，也不能逃罪！』

其實到樹林還有一節很長的距離，但他們步履如飛，不一時已近樹林外首。這小廝一路東張西望尋找插在地上繫着在布條的一根小樹枝，便順着走去，如此依着樹枝的標誌一路穿出樹林來到一所空地。那兒只有燒剩下來的一所農家房屋，近旁尙有一所牛馬棚也是垣斷牆摧，一片荒涼。這兒是了無生氣，不但人煙不見便聲響亦些須皆無。那小廝筆直便向牛棚裏走，小皇帝也就緊緊跟進去。但裏面一個人渣子也沒有，小皇帝不由滿面現出驚疑之色，連忙問道：

『他在那兒？』

小廝不答，只哈哈嘲笑了一頓。皇帝立刻怒從心起；他拿起一根木枝，作勢便要打那小廝，但耳後又送進一聲嘲笑，回頭一看，原來就是那跛足的土匪男人，一直遠遠跟在後面的。皇帝一轉身怒問道：

『你是誰？這兒有你甚麼事？』

『別裝腔哪，』那男人回答，『就不信我這小小化裝就叫你老子也不認得哪。』

『你不是我父親，我不認識你。我是皇上。如果是你藏起我的僕人，趕快送還給我，否則你就要後悔無及了。』

康梯約翰惡聲答道：『你到底是發瘋了，我本不高興罰你的；但你若要挑起我的性子，那我就不客氣了。那些瘋話固然這沒人的地方你說說不要緊，但我們換地方之後，你卻要留神你那舌頭。我告訴你我殺了一個人，家裏蹲不住了——我帶着你出來。現在我的姓名換了，——霍卜斯約翰就是我；你就是甲克——記得不許弄錯。現在我且問你。你媽媽在那兒？你姊姊們在那兒？他們也沒來到預先約好的地方，你知道他們走那兒去哪？』

皇帝冷冷的答道『你別同我猜謎子。我媽媽已經早就死了；我姊姊在宮裏。』

在旁邊站着的小廝不由哈哈一陣大笑，皇帝轉身便要和他過不去，但康梯或禍卜斯擋阻了他，又說道：『柚哥，你別惹他；他有神經病，你笑更叫他生氣。甲克，你也坐下來定定心；等會子給你東西喫。』

禍卜斯和柚哥便低聲談起心來，皇帝卻一步一步的移至距離那班惡人越遠越好的地方。他退至遠遠的牛棚末端，那兒地上，鋪有一尺來深的稻草。他便向下一躺，拖過草來覆在身上聊當被褥，然後便浸在沈思裏。他有許多愁苦，但小而不足道的愁苦都爲最大的一項悲哀事沖刷了，那便是他父皇的崩駕。說到亨利第八這個名字，世界上不論何人聽了都會發抖，他如同一個喫人的妖魔，鼻孔動一動便是破壞，手指揮一揮便是死亡和辱罵；但對於這孩子每一想起他都喚起快樂的感覺，他一身裏也盡是溫柔和親愛。小皇帝睡着不由思想着過去和他父皇一切的一切快樂，思到情深處，眼淚如斷線般地流個不住。一個下午便如此混過去了，心頭繫着重重悲哀的孩子，漸漸竟酣然入了夢鄉。

過了不小一會子——他也說不出是多長——他回到一半醒半睡的狀態裏，閉着眼正在強憶自己身在何處，遭遇何事的當兒，猛聽得嘈嘈切切，一種雨打棚頂的聲音。他不由感覺一陣的舒適，但馬上又被一片談笑聲衝散了。他伸出頭來要看是怎麽一回事時，一幅醜惡的景像嚇得他縮頭不迭。原來棚那一頭的地上正生着熊熊的火，火旁團團坐着一些男男女女都是窮兇極惡見所未見。聞所未聞的一付形相。其中有大塊頭，強悍，黃皮膚長頭髮的人，穿着五顏六色的破衣；又有中等個兒兒模樣的小廝，也是同樣的打扮，又有瞎眼叫化，眼睛上不是膏藥就是綳布：也有跛子，假木腿或拐杖；此外又有一位負着包的小販；一位磨刀的，一位補鍋匠，一位剃頭司夫，都隨身帶着各業的傢伙；除此還有尚未成年的女郎，也有正在中年的婦女，還有額綹髮灰的老嫗，但一列皆是高聲，厚顏，口齒不潔的東西；又一列都是汚穢不修邊幅的形態；除此還有三個黃口小孩；又有一對瘠弱的惡狗，頸上繫着練子，牠們的職務是帶領瞎子。

黑夜漸漸來了，這一班人剛纔喫完，便又舉起杯來喝酒，一隻酒杯從這人口裏傳到那人口裏。又聽衆人一齊喊道：『唱一隻歌！拔特迪克唱一隻歌呀！』

於是瞎子當中的一人站起來，抹去遮住他那一雙好極了眼睛上的綳布，準備着唱歌。所謂迪克也除去他的木腿，用一雙健全而有力的腿站在他伴兒的旁邊；隨即共同唱了一隻小曲，每當一節唱完時，底下便全體跟着和起來。一時間，酒興發作，各人引吭高歌，幾乎地都震動了。

歌唱完之後，便是談話。他們的談話並不用盜賊的切口，像唱歌是的，因爲切口只用在有生人在坐時以防耳目的。從談話之間方知「禍卜斯約翰」並不是新投夥的份子，而是早就在隊伍裏受過訓練的。談起他近來的遭遇，他說他「偶然」殺了一個人，並且表示相當的滿意；及至說到被殺死的人是一個神父的當兒，團團轉的人都鼓起掌來，並且大家各飲一杯。舊相識忻忭的歡迎他，新入夥的便來與他握手。此後別人詢問他何以『躭擱了這麼幾個月。』他答道：

『倫敦較鄉下強呀，這近幾年也安穩得多，不過法律嚴厲就是。如果我沒弄出那一齣兒，我是打算長留在那兒的。我也打算不再下鄉幹這危險的勾當了——但那件事一出來也就完了。』

他隨即又問如今夥內有多少人數。那頭兒答道：

『連小偸，扒手，叫化，流氓等等一共是二十五位還有他們的婦人孩子。多半都在這兒，其餘的流蕩到東邊去了。』

『怎麽我沒看見小文呀？他到那兒去哪？』

『唉，可憐的孩子，他今年夏天裏跟人拌嘴時給人殺死了。』

『我聽了難受；小文是個又能幹又勇敢的人。』

『那不假。起先他的女人小黑姑娘原跟我們在一起的；但我們向東走時她就不在了；她眞是個好婦人，規規矩矩的，一禮拜當中頂多喝四天酒。』

『我記得她，一直是很固執的——一個好姑娘值得稱讚的。她媽媽比較隨和得多，也古怪的好點；不過脾氣醜惡，但天賦高人一等的聰明。』

『但聰明卻害了她呀。就因爲她擅於看相算命，後來得了個女妖怪的罪名。法律判斷下來拿細火烤死她。她那麽勇敢的對付那一注慘運，着實叫我難受——看那火焰漸漸逼近她的嘴，臉灰色腦袋時，她不斷的詛咒那圍着看的人衆，我不是說她詛咒他們嗎？唉，便你再活一千年也聽不到那麽好的詛咒。唉，她的本事跟着她死去了。此後還能有什麽相法留下來也是假的了。』

頭兒說罷深深嘆息了一下；聽的人也附以同情的唏噓；大夥兒都不由靜穆半晌，原來硬心如這班壞人，情感也未完全消失，在相當的環境下，比方說現在，談起一個逝而不返的天才，他們也同樣會感覺悲傷的。不過，團團飲過一巡酒之後，大家也就不再傷心了。禍卜斯又再問道：

『還有什麽別的弟兄也遭不幸的嗎？』

『有——呀。特別是新夥計們——他們原來都是小農夫，可憐田地被拿去種草養羊了，饑寒交迫，只好出來討飯。第一次討飯嗎，捉去抽鞭子，上身剝得精光，抽得渾身出血纔罷；第二次討飯嗎，捉去抽鞭子還不算，還要割去一隻耳朵；第三次討飯呀——拿烙鐵燒嘴巴，然後賣去作奴隸；如果偷跑，捉回來絞死。這是我粗枝大葉的這麽說。我們這兒有人也遭過毒手的呀，不過輕一些罷了。站起來，約克爾，貢斯，何基——將你們的裝飾給大家看看！』

這幾個人果然站起身來，剝去破衣露出脊背上縱橫累累的舊鞭痕；一人抹去頭髮露出削去的左耳遺址；另一人又露示他肩頭被烙鐵烙的V字母——還有一割去的耳朵；第三人說道：

『我約克爾，曾經一度是家道殷實的農夫，一般的有老婆孩子——不過現在是不堪回首話當年了；女人孩子沒了；也許他們在天上，也許他們在——在別地方——但多謝天老爺，他們反正不在英國就是了！我那無辜的老母，爲糊口不得已給人僱去服侍病人；其中有一個病人死了，醫生說不出講究來，就硬說我媽媽是妖人便拿去活活燒死，其時我的孩子想奶奶大哭小叫。唉，英國的法律！——大家滿飲一杯呀！——敬謝大英的好律法將我媽救出英國地獄了！謝謝諸位，弟兄們。此後，我同我的老婆挨家討飯——帶着餓肚子的孩子——誰知道討飯在英國也是犯法的呀——所以他們剝去我們的衣裳，趕着我們遊行三個鎮市，又鞭打示衆。弟兄們再飲一杯謝大英的好法律！因爲皮鞭吮盡了我瑪利的血，她得早得解脫了。可憐她躺在野田裏一目不瞑的去了。至於孩子——好罷，我們在一鎮又一鎮給鞭笞示衆的時候，他們就活活餓死了！可憐孩子犯了甚麼法，弟兄們再喝一口。我又討飯——只爲討一點殘屑呀——看割去了我一隻耳朵；我又討飯，耳朵又去掉一隻。有甚麼法子，我還是討飯，於是賣去作奴隸，——你們看我臉上若將這塊東西洗掉就可以看見一塊烙鐵印的奴隸記號。奴隸呀！你們懂嗎？一個英國奴隸呀！站在各位面前是一個奴隸呀！我從我主人那兒偸跑出來的，要是一旦捉到——哼——我的罪名就是絞死呀！』

忽然一聲如半空飛來：

『你決不絞死！那不人道法律的末日已經到了！』

衆人大驚，齊齊轉過身去看，只見那小皇帝從暗影裏正急急向這邊走來；大家不由齊聲迸出問句道：

『他是誰？誰是他？你是誰？小妖精！』

男孩毫無侷促不安的站在衆人驚異交迫的目光之下，緩緩答道：『朕是英王愛德華！』

衆人不由迸出一陣狂笑，一半人是嘲弄，一半人是喜歡這笑話說得好。但皇帝卻怫然不悅。他削利的說道：『你們這班無禮的賤民，這是你們謝恩的表示嗎？』

他愈說愈氣，愈打着興奮的姿勢，而衆人也越發狂笑作嘲。『禍卜斯約翰』幾次說話都不够響亮，最後方成功了，他說道：『弟兄們，他是我兒子，一個瘋子，又是一個傻瓜，你們別理會他——他自以爲是皇帝哩。』

『我本是皇帝，』愛德華轉過身來對他說，『你不久就會知道你的身價了。你剛剛已經承認是殺人犯了——你非絞不可。』

『喝，你倒來咬我，你嗎？看我來揍你！』

『吐，吐！』他們的頭目一面攔着禍卜斯不許他起來，一面說道，『無論是皇帝是頭目面前，你難道沒有規矩的嗎？你若在我面前再犯上，看我自己就將你絞死。』又接着和他的陛下說，『孩子，你也別拿話嚇我的弟兄；你也得管着你的舌頭別說傷犯他們的話。你那瘋病如果喜歡作皇帝，你就作罷，可是別害人就行。我們雖然在一些小事情上是壞人，但我們當中敢說沒有一人壞得連皇帝都背叛起來；我們對皇上都是忠心耿耿，赤誠報國的。看我將眞言一片告訴你。喏——大家一齊來：『英王愛德華萬歲呀！』

『英王愛德華萬歲！』

這一聲之大眞如平地春雷般的連房子都搖震有聲。小皇帝臉上這纔露出快樂的光輝，只見他微微低首，嚴肅而簡單的答道：『朕謝謝你們，我的好百姓。』

這一種意外的結果使大家又是一陣嘻笑。待大家又靜了下來之後，頭目方又認眞的說道：

『孩子，住了罷，這不是聰明的頑法。你一定要胡思亂想也沒有辦法，但是你得換一個頭銜。』

一個補鍋匠忽然建議道：

『叫他呆子國王，頭號傻瓜罷！』

這一個頭銜立刻被大家採用了，頓時大家又叫道：『呆子國王，頭號傻瓜萬歲！』接着是貓叫狗叫，又是串珠似的笑聲。

『拉他過來加冠呀！』

『穿衣呀！』

『給他御杖呀！』

『升他上寶座呀！』

這一切亂七八糟的喊聲混在一起；而那小皇帝還不及開口時，已經被七手八腳的戴上一頂洋鐵盆，披一件百結被單，安坐在一具木桶上，給他手裏安放一根杖，隨即齊齊跪倒，假裝哭哭啼啼的說道：

『哦，好皇上，開開恩吧！』

『別再蹂躪我們這些可憐蟲吧，哦，天皇！』

『可憐可憐你的奴隸吧，再賞他們一腳！』

『用你的天恩安慰我們溫暖我們吧！』

『用你御足踏踏泥土讓我喫了也變尊貴些吧！』

『在我們身上吐一口痰吧，讓我們也可以告訴我們的兒子孫子，也好抖抖威風呀！』

尤其那補鍋匠最會鬧笑話。他假裝跑着去吻皇帝腳，被踢了一下；他居然討了一塊布來罩在臉上被踢到的那塊地方，說從此不會再被邪魔侵犯了，又要各處去給人一百先令看一看，準會發注大財。他將自己弄得那麼可笑，以致變成大隊中稱讚和羨忌的中心。

羞愧和憤怒的眼淚在國君的眼眶內打滾他心裏的思想是：『便是我給他們苦喫，他們也不該如此殘惡，而我還是賜他恩典，他們竟這樣待我！』

第十八章 跟着流氓走的王子

第二天一大清早時一班流氓都起了身，而且又踏上了征途。頭上的天是黑壓壓的，腳下的地是濕濡濡的，而空中的寒氣又是料削的。一切的歡笑都從大隊中逝去；有的淒然沉默，有的激動易怒，反正無一人能夠說笑，大家都是乾燥的。

頭目將『甲克』交給柚哥照顧，還交代他一些話，又吩咐康梯約翰離他遠一些，讓他自便；同時他又警告柚哥不許待那孩子太粗暴了。

過一會子天氣稍爲溫和一點，層雲也散開不少。這一隊人方停止了哆嗦，精神也就興奮不少。他們愈過愈來勁，後來竟彼此戲謔起來，又侮辱大路上過往客人以爲笑樂。這表明他們又能夠一度的享受人生了。至於別人見着他們這班模樣的人，一例存着不敢惹的態度，只見各人讓道兒給他們，便有難堪的侮辱也低頭忍受，並不敢回隻言片句的。他們不時當着主人的面從人家籬笆內搶洋布，主人也只好不敢開口，還好似感激他們沒連籬笆一齊帶了走。

不久他們便侵入一家小農民的家裏，自己安甯得「賓至如歸」，而使渾身哆嗦的主人和他的家人們傾其伙室房所有的儲藏爲他們製備早餐。農人的妻女捧食物來時他們扭她們的下巴，說一些不堪的下流話，挾雜着侮辱的形容辭和大笑。他們將骨頭和蔬菜向農夫和他的兒子們不住的拋去，使他們不住的躲閃，若有一次擊中便鼓掌歡笑。有一個姑娘表示討厭他們的玩笑，他們就將她一頭都抹上了牛油。當他們臨走時恐嚇他們說如敢洩露一字給官府知道，他們準來將房子燒得精光。

到中午時，他們已經流蕩了一段長而疲乏的旅程，最後大隊便在一所村莊外緣的籬笆後面歇了下來。約休息了一點鐘的模樣，這纔大家分頭朝莊子裏跑，各有各的行業。『甲克』跟着柚哥一路。他們東跑西溜的延磨了一會子，柚哥想找點生意幹幹，卻又無機可乘——最後他說道

『我看這個窮地方沒有東西可以偸哪。咱們來討吧。』

『咱們，你倒說得好！你可以討，我——可不能。』

『你不肯討嗎！』柚哥失驚的望着他。『那請問，你多早晚纔改行的呢？』

『你這是什麽意思呀？』

『意思嗎？難道你這輩子不是在倫敦城討飯的嗎？』

『我？你個傻瓜！』

『不勞你恭維我——你更傻得厲害點。你父親說你一直都是討飯的。也許他撒謊。或許你竟敢大膽說他是撒謊，』柚哥嘲諷着。

『你是說那是我父親的那人嗎？他的確撒了謊。』

『喂，夥計，別再玩那瘋人把戲了罷；玩着開開心猶自可說，玩着討苦喫可就不上算了。如果我要告訴他，他又準給你一頓好打。』

『不勞你費心。我自己會告訴他。』

『哼，你氣魄不錯，我很喜歡；不過你的判斷我卻不能贊同。這一輩子的侮辱打擊算是够多的了，不要你自己去尋，自然牠會找到你的頭上來。但關於你討飯的這件事，我倒不能不信你爸爸的話。不錯他會撒謊；也許常常撒謊；但這一次我卻不信他是撒了謊。一個聰明人總要撒有意思的謊，他決不會無緣無故的撒謊。現在也別管那些，哪你一頓子的幽默可就誤正事不少，現在我們怎麼辦？到人家廚房裏去搶如何？』

小皇帝不耐煩的說道：

『怎麼你一開口就是這些犯法的事呀——你眞煩死我！』

柚哥也光火道：『好，你旣不肯偸又不肯搶；就隨你不成。這兒有件事你非得做不可，就是我來裝病，你求人。如有一字不肯，看你敢！』

皇帝正擬開口拒絕，柚哥又已插上嘴來：

『別吵！這兒來了一個人，面孔倒是挺和善的。我現在就睡下假裝昏過去。等那過路人走近時，你悲叫一聲，然後就跪在地上，然後大聲號哭好似天都倒下來的模樣，你再說，「哦，善人哪，這是我可憐的哥哥呀，我們無親無友呀，求你大開恩瞧一瞧我們這受苦受難快就要死的人吧，賞一個小錢吧！」——記得，你得不住的哭，一直等他拿出錢來，否則有你的苦喫。』

於是柚哥立刻呻吟哼喞起來，又翻白眼，又作出搖搖欲跌的傾勢；當那客人靠攏來時，他忽地悲叫一聲便倒在那客人身旁，不住的在泥裏打滾翻騰，似乎痛苦到了極點的模樣。

那好心的客人見狀不由連聲道，『可憐，可憐！哦，可憐的孩子，你怎麼哪！讓我來幫你的忙吧。』

『哦，作功作德的善人呀，天老爸保佑你——但你可不能碰我，一碰我就痛極了。我兄弟在這兒能告訴你每次這昏病發作時叫我多麼痛苦。善人啊，賞一個小錢罷，賞一個小錢讓我們去買點東西喫；那就是你先生的大功德了。』

『一個小錢！可憐見的，我要給你三個哩——』於是他慌忙從口袋裏掏出三個錢來。『喏，苦孩子，拿去吧。喂，那孩子，你再過來幫我一同將你哥哥擡到前面屋子裏去，以便——』

小皇帝立刻否認道：『我不是他兄弟。』

『甚嗎！你不是他兄弟嗎？』

『嚇，你聽他胡說！』柚哥一面呻吟着，一面暗咬牙。『他連他哥哥都不認——他哥哥一隻腳都踏進了酆都城門口了！』

『孩子，如果他眞是你哥哥，你倒眞心狠了。看——他連手脚都不能動一動。如果他不是你哥哥，那他是誰呢？』

『他呀，又是叫化，又是賊！他拿了你的錢又掏摸你的口袋。你只要用你的杖架着他的雙肩拷問他是誰吧。』

可是柚哥可不肯讓他架着手杖拷問。他早一骨碌爬起身來，回頭就像一陣風似的沒命的跑走了，那位先生也就一路狂喊着追了去。小皇帝，望着青天吐了一口感激的氣，也向相反的路上脚不點地的狂奔，一直到脫了險境方罷。他選了近邊的一條路，便沒命跑去，不久便將村莊撇在後面了。一直他邁着急步向前進，不時回頭張望看有否追兵；但最後他懼怕全失，滿心平安了。他這時方覺得又倦又餓。不得已他到一所農人的門前停下；但他還未及開口說明來意時已被那家的人非常粗野的轟走。因爲他的衣裳太褸襤了。

他只好又向前行，心頭是又痛又怒，便決定不再求人以討沒趣。但窮人志氣短呀，肚皮的緊張只好逼得他又在一家農人門前停下，但是這一次更糟；他們不但罵得他發昏章第十一，還恐嚇他說若不立刻滾蛋就捉到警察局去。

黑夜又來了，風寒氣厲；可憐他雖然腳痛腿酸，卻不敢停步。他每一次想坐下休息時便覺冷徹心骨，因此他只好向前捱。在這種曠大幽厲的夜裏，獨自躑躅，對他完全是一種新的感覺和經驗。不一時，他聽見一些聲音，向他走來，隨又挨着他過去，最後又消滅在死靜裏；而且黑暗中所能看見的多係模糊一片不成形的東西，眞是風吹草動，都疑是山神野魅他不由嚇得毛髮直豎。偶然他也能瞥見一線兩線的燈光——但遠得好似在另一個世界一樣；又不時聽見一聲兩聲羊羣的鈴聲，也是空洞，遙遠，不清晰；更有羊羣的呻吟聲也斷斷續續的由夜風中傳來，眞是淒厲欲絕；除此在無邊的曠野山林之外還響應着狗的悲叫；一切的聲響都變成慘切淒哀；可憐小皇帝已不知身在何處，似乎渾身的活力全失只孤苦無依的墮落在無涯際的窮荒深處。

他便在這草木皆兵的幻虛裏躑躅前進，不時聽枯葉的繁響有如人們的私語，驚一回，疑一回；最後，走着走着，他忽然瞧見近處有人打着燈籠一閃。他連忙退到暗處等候。只見燈籠停在一所牛棚的門口。小皇帝待了半天——旣聽不見聲響，又無人走動。他冷得幾乎受不住，瞧瞧牛棚又那麼富於引誘性的，最後便決定不顧一切的鑽了進去。他輕速的挨身而進，不知剛踏進門檻便發現有聲音在自己身後。他一閃，慌忙向棚內的一隻桶的後面蹲了下去。隨即聽見兩個田裏的長工提了燈籠進來，一面做事一面談話。這一來可巧那燈光的幾閃竟給小皇帝看中遠遠有一槅馬槽恰可容身，便打算等人走後好爬過去。同時他又注意到路中間的一堆馬毯，可供英王一晚的衾褥之用。

不久兩個長工作好事，自提了燈籠鎖上了門出去。小皇帝搶着將馬毯摸到手，這纔摸着走到馬槽旁邊。用兩條鋪着作褥子，另兩條作蓋被。雖然那馬毯又舊又薄又不暖和，小皇帝也甘之如飴了，除此那馬騷臭的味兒眞有點怪刺鼻的。

雖然我們的小皇帝又飢又冷，同時也是又倦又困，但究竟還是後者的勢力佔先，因此不久他就矇矓睡去。但忽然之間，他猛覺有東西摸了他一下！他立刻嚇得渾身是汗，吁吁喘氣。那黑壓壓中的一摸差點不叫他心惊了。他屏着氣靜聽，動都不敢動。可是萬籟俱寂，毫無聲響。他忍着又聽了半天，依然是闃無音息。最後他捱不過困倦又矇矓入睡；誰知忽然之間，又不知是誰摸了他一下！這必定是個怪物，纔會在這悄然寂然看不見的空虛裏時常來給你輕輕的一摸；想着小皇帝不由渾身亂顫。他怎麼辦呢？那是他回答不出的問題。他應該從這好容易尋到的暖和地方跑出去躲避嗎？又往那兒跑呢？第一層，這牛棚就難得出去；一想着要在黑暗中摸來摸去，撞來撞去都是四堵牆，後面又緊緊跟着一個怪物，不時的摸你嘴巴，或肩膀簡直就不能忍受。但是，難道守在原處，受一夜活死人的罪又能強一點嗎？不成。那麼，怎麼辦呢？啊，還有一個法子；就是伸出手去摸那個東西！

法子倒想的是不錯，可是鼓起勇氣來實行卻不是一件易事。有三次他輕輕將手伸到黑暗裏去；但三次他都喘着氣縮回來——並不是他摸到了甚麼東西，卻是怕摸着甚麼可糟糕。可是到第四次他硬着頭皮大着膽子伸得遠些，便掠過一片軟軟暖暖的東西。這一來可嚇得他魂飛天外——他心裏惊成一團想那東西一定是一具新咽氣的死屍，身子還未涼透哩。他想寧可死也不能再摸第二遍。可是人類的好奇心是遏禁不住的。過了沒多大一會子，他顫抖的手又違反了他的意旨，輕輕伸摸過去，又摸到同一樣的東西。還有一束長長的毛；跟着毛摸上去是一根像粗繩模樣的東西；再跟了繩子摸上去，卻原來是一頭小乳牛！——天曉得什麼繩子，就是小牛的尾巴。

小皇帝至此不由滿心自覺羞慚，為了一頭睡熟的小牛竟自驚自疑了大半夜；不過他也不必自愧，自然大家也知道他怕的並不是牛而是一種難以言說的恐懼；而且在那一種迷信的時代，無論是誰像他那樣大的男孩，也會作出同樣的事來。

小皇帝不但因爲發現怪物祇是一頭牛而快活，更快活的是他找到一頭牛可以作伴了；可憐他最近的顚沛流離，舉目無親弄得他見了畜生也好似他鄉遇故人的親切。而且他一直受同類人的粗使惡待，到末了纔發現一個畜生反有一點慈柔心腸，於是他決定要和小乳牛做朋友。

當他用手在牠平滑温暖的脊背上撫摸時——就在他身旁不遠——他發現這頭小牛有許多好處。於是他將自己的牀鋪移至小牛身邊來自己緊緊貼着牛背，又拉過毯子蓋上，不到兩分鐘，竟暖和得和皇宮的御牀一樣。

身子一和暖，立刻思想也就愉快了；覺得人生又是快樂的了。他如今脫離了罪惡的羈絆，掙斷了無法無天的人們的聯繫；他暖和，他不是露宿；總而言之他是快活。夜裏的寒風起動了；一陣吹來振得牛棚懸了欲倒，瞬息又已逝去，穿隙出縫時形成一種如泣如訴的風聲——但這一切都似乎是一種仙樂只沁人欲眠，如今我們的皇帝是既温暖而又舒適，儘管風吼風狂罷，風哭風訴也罷，他不在乎，他只享受。他只將身子再緊靠他朋友一點，恣意的承受那如春的暖氣而睡了一個夢也沒有的大覺，滿懷都是和平沈穆。遠處一聲聲狗叫，近處老牛悲喞，風仍然不住的吹，大雨又潑喇了的直傾，然而大英國的陛下卻安甜得睡睡，那條牛亦復如此，並不曾因爲挨着九五之尊而患失眠。

第十九章　在農婦的家裏

第二日清晨小皇帝由夢中醒來，睜開眼睛一看，只見一個濕淋淋的小老鼠躺在自己胸口，睡得正好哩。但一個轉動牠跑掉了。他笑了一笑說道，『可憐的小傻子，怕甚麽呢？我還不是同你一樣的孤獨嗎？我已經如此落魄還好意思再欺侮你嗎？而且我還要多謝你給我的好兆頭哩；一個皇帝倒霉得到老鼠也來拿他做牀可不是也到了地頭嗎？這以後也該是轉運的時候了，可還有什麽再卑賤的去處嗎？』

說着他落起身來走出槽外，便聽見兒童的笑語聲由遠而近。接着牛棚的門開了，走進好幾個小姑娘來。她們一見裏面有生人，便立刻停止了談笑，站住身儘將他上下不住的打量；最後又互相嘰咕了一會子，又向前走近一些，又看着他互相耳語。慢慢他們膽子稍爲大一些便高聲批評起來。一個說：

『他的臉挺漂亮。』

另一個說：

『頭髮也不錯。』

『可是衣服太不行了。』

『而且他像餓得了不得。』

說着她們又靠攏一點，最後索性將他包圍住了，仔仔細細的將他看一個飽，好像他是個甚麼奇怪新鮮的小動物似的；但同時她們大家又帶着戒備的神氣，好似牠說不定也會咬人一口的模樣。最後他們倒底忍不住，一面大家手勾手的以防萬一，一面又天眞的將他望一個飽；其中一個人便鼓足了勇氣迸出一句直率的問話道：

『孩子，你是誰？』

『我是國王，』便是莊嚴的回答。

那些孩子們聽見如此說不由大家一驚，眼睛睜得溜溜溜的圓，半天講不出話來。最後還是好奇心打破沈靜。

『國王嗎?什麽國王?』

『英國的國王。』

孩子們先大家瞪着白眼互看了一會子——又朝他看了一會子——然後又自己互相楞眼相對——十分模糊而莫明其妙的——於是一個孩子說道:

『瑪格月,你聽他說了嗎?——他說他是國王哩。那能是眞的嗎?』

『普茜,那怎麽假得了呢?他還能撒謊嗎?普茜,你要知道,他若講假話,就一定是撒謊哪。那是錯不了的。現在你去想吧。天下事不眞纔謊哪——你想還能有別樣嗎?』

這一段辯論眞是文風不透,四面俱到,普茜的一點兒疑惑早給趕到九霄雲外去了。她思索了一會子然後簡單的和王說道:

『若您眞正是國王,我就相信您。』

『我眞正的是國王。』

這個問題就這麼解决了。她們也不再加任何額外的問題或討論，一致承認了國王的身份，同時兩個小小姑娘便問起他怎麼會到這兒，怎麼不穿皇家衣服，將要到何處去以及其他等等問題。這一來小皇帝可舒鬆不少，他滔滔若懸河似的訴說他的不幸，興奮得連饑餓也忘懷了；訴說的結果引起這班小姑娘最深切最柔溫的同情。但等他說到他幾天未進一口食物時，她們立刻打斷他的話頭領他就向正屋裏跑，弄早飯給他喫。

小皇帝現在又快樂又神氣了，自己和自己說道：『等我再返位時，我一定時常尊重小孩，要記得他們如何在我遭難時相信我，信任我；不像一班大人自以爲聰明，戲弄我，當我是說謊的人。』

小孩們的母親見了小皇帝也是優禮有加，心甚憐恤；因爲他的一番遭遇以及一番瘋瘋顚顚的話打動了婦人的柔腸。她原是一個孀婦，家道又窮；因此她也是愛莫能助。她揣測這孩子必定是走失了的；所以她打算訪出來再送還去；但前後村都打聽過了，也訪不出一個眉目來——這孩子的面孔以及他的談吐，都分明表示出他是個有來歷的。他一開口便是朝廷長朝廷短的；而且多少次無意中稱前王爲他的『父親；』至於別人一談到粗言俗語時他立刻便不響了。

這女人眞給他弄得糊塗起來了；但她仍不死心。她一邊在燒飯，一邊心裏計劃如何誘探孩子的祕密。她先和他談牛——他莫明其妙；再談羊——又不成——所以她知道猜他是牧童也錯了；她再和他談風磨；談紡織，談補鑊，談打鐵，談做生意，幾乎七十二行都講到了；這又是瘋人院，監獄，慈善機關等等；但不管講什麼他都瞠目不知所對。那婦人仍不灰心，將問題一縮而至家庭內的事。她想他一定是什麼大戶人家的僕廝了。所以她扯上家庭瑣事。然而結果又是一團糟。提到掃地似乎叫他作煩；造火爐引不起他的興趣，揩抹拂拭更離題太遠。這可叫這位好心腸的婦人沒了主意，最後不知怎麼沒話談了就談到燒飯上。誰知小皇帝一聽到燒飯，不由面孔立刻發亮起來，倒叫婦人驚異得了不得她想到底找出問的門兒來了；她對她自己的銳利不由洋洋得意。

她那說乏了的舌頭到現在剛有一個機會休息一下，可憐小皇帝以數日饑餓之身聞着這撲鼻的飯香，禁不住傾流倒洟般的數出無數樣的菜名來，以致三分鐘後，那婦人心口相商的說道，『這我可猜對了——他一定是廚房裏的小打雜！』此後小皇帝又繼續談論他的菜單，說得那麼在行，那麼神氣不由叫那婦人驚異，『我的天！他怎麼能知道這麼多的菜，而且樣樣又都是名貴無比的呢?這些都非大戶之家莫辦呀。噢,我知道了!別看他現在這麼一付窮酸像,說不定他沒瘋的時候曾在御廚房裏當過打雜也沒準!讓我來試試看。』

她滿心要證明她聰明的猜測沒有錯,於是藉故走出廚房,卻囑咐小皇帝留心着飯菜——還暗示如果他喜歡添製一兩樣菜也行——於是她帶着孩子們都起身走了。小皇帝不由自語道:

『又是一位英國國王得替人燒飯的,這與大哀爾弗特(Alfred)倒是先後媲美了。但我還得用心點別像他將麵餅都烤焦了。』

他主意是打的不錯,可是事情可不順着手兒辦;因爲這一位國王也與那一個國王一樣,不久就深深思索到自己的大事上面去了,結果又是同樣的悲劇——將飯給燒焦了。幸而那婦人在還未焦完的時候趕來,霹靂拍拉的就是一頓數說方將小皇帝由夢寐中喚醒,但一看小皇帝一副愧悔欲絕的樣子,她又覺不忍,還是照常優待。

小皇帝心滿意足的喫了一頓,立刻精神也足了,心裏也快樂了。不過關於兩種身份懸殊的人物如何弄到一個桌子上聚餐卻是一段小小可喜的誤會。論那婦人的本心,打算就拿破碗隨便盛一點甚麼給那小叫化在牆角蹲着喫就完了，但她想着駡了人家一頓怪後悔的，便特爲請他上飯桌，以示優待；至於小皇帝自己，又有他的念頭，一方面慚愧燒焦了人家的飯，一方面感激人家的仁義，因此他力自謙卑，並不曾叫婦人一家立着侍候，卻與他們同了席。這兩方面的意見很能給我們第三者一種教訓。你看那婦人爲了對一個叫化表示大量了一天，小皇帝也自以爲對一個下層農婦自卑身份，認爲是了不起的美德。

早餐完畢之後，婦人叫小皇帝洗抹碗碟。這一道命令先幾乎叫小皇帝迸出反抗來；但他總而一想，『哀爾弗特大王既代人烤麵包，無疑的他也得洗碗，——那麼說不得我也該洗一遭。』可是這一番工作他實在做的太不行了；更使他奇怪的是他一向以爲容易洗的木調羹木盤等竟不容易洗。縱然如此，結果他還是洗好了。現在雖然他很不耐煩的想脫身而去，但喫了人家的飯就沒那麼容易放你走哩。她先給他一些零零碎碎的小事情做，他都勉強用心做好了。她又叫他和小女孩們一同削蘋果，對於這一件事他簡直是力不勝任。於是那女人便叫他磨刀。刀磨好又叫他梳刷羊毛，理得他英雄氣概都煙銷雲逝了，最後他想非走不可了。恰巧喫罷午飯以後那婦人又給他一籃子的小貓叫他送到河裏去淹死，他就決定出走。忽然在這個時候，他又看見前門口來了康梯約翰，肩扛小販的口袋——還有柚哥一路！他嚇得一句話也不說，拿起一籃子的貓就從後門走出去，將貓扔在一間空屋裏面，揀一條背巷自悄悄走了。

第二十章　王子與隱士

上次說到王子由農婦家的後門逃奔而出，轉過一帶高籬笆，蹩着一肚子的恐懼，使盡了氣力又向遠處的一簇樹林跑去。他頭也不回的直跑至林木蔭處方掉過身來向背後瞭望那兩條人影。那一瞥已經彀了，他來不及細看，又拔足飛奔，直到暮靄中的深林裏方纔停住，心裏想可脫掉危險了。他側着耳朵聽了一會子，只有沈沈的死靜和嚴肅——冷颯颯的直壓心底。偶然他耳朵裏也括着一兩聲聲響，但是那麼古遠的，消沈的，神秘的幾乎都不像是眞的音波，卻像是臨別的鬼神在呻吟哀嘆一般。所以，死靜固然難堪而聲響卻更加可怕。

在起先，他已打好了主意，就在樹林裏消磨那一天；可是陣陣寒氣的侵襲，最後使他不得不立起身來活動活動。他順着腳筆直的向樹林裏穿去，希望就此尋到大路上，可是這一點他是失望了。他儘管不住的走，但愈走的遠，卻愈是深密的樹林。而且天一點一點的暗黑下來，小皇帝知道已經是夜神的世界了。一想到要在這種幽異古怪的地方過夜，他就渾身毛豎；便加緊腳步向前走，可是心愈慌，絆兒愈多，因爲天黑了，不是樹根就是牽藤擄住了他的腿。

嚇，最後他居然看見了一點燈光，他是多麽的快活喲！他鼓着臨戰的勇氣直向燈光那兒走，不時停下身來聽一會瞧一會。原來那燈光是從一間茅屋裏的一扇未上玻璃的窗戶裏透出來的。他一聽裏面有人聲，正想轉身躲藏；但立刻又轉念不走，因爲聲音不是別的，卻是正在祈禱的聲音哩。他輕輕躡足行至窗戶下，踮起腳尖，向裏面張了一張。原來這是一間小小的屋子；黃土地面，磨得光光的；屋角上安置了一張牀，被褥都已破敝；牀旁有一水罐，一水杯，一臉盆以及兩三個盆鍋似的；除此還有一條短櫈，及一隻三條腿的小矮櫈；爐內的餘火已燼；神座前，燃了一支洋燭，底下跪着一位老人，他旁邊有一隻古舊的木盒，裏面是一本開着的書，再旁邊還有一具人的骷髏頭。那老人是個骨架偉大的瘦人；鬚髮都白得像雪一樣；穿一件羊毛的外套，由頭際直拖到腳跟。小皇帝看罷，不由自己說道：『是個神聖的隱士！這我可交了運氣了。』

這時隱士祈禱完畢立起身來；小皇帝趕快去叩門。只聽裏面一個很沈重的聲音應道：

『進來！——可是將你的罪孽留在後面，因爲裏面是聖地！』

小皇帝挨身進來，卻楞着不知說甚麽好。那隱士轉着一雙光芒四射的眼睛將他掃視了一遍，問道：『你是誰？』

『我是皇帝，』——是簡單嚴肅的答案。

『皇帝，歡迎！』隱士熱烈的叫出來。立刻他興奮得移東挪西，口裏不住的說『歡迎，歡迎，』擺好了櫈子請皇帝坐好，又在爐裏添點木柴，最後又像莫知所措的在地上踱着大步。

『歡迎歡迎！很多人想來我這兒來修行，可是他們都不配，都讓我給他們轟出去了。可是一個九五之尊，肯撇下皇冕，抛下萬乘之尊，不惜鶉衣百結來此修道成仙——他是配的，該歡迎的！——他將要在這兒一直到死。』小皇帝急忙阻止並解釋，但那個隱士理也不理，自管說下去，而且愈說愈有勁。『而且你在這兒就平安了。沒有人可以找着你，再叫你迷戀那塵世的浮華了，上帝已經解放了你。你該在這兒禱告，在這兒讀聖經；在這兒默想塵世的虛空，追求天堂的偉大；你該喫樹根，嚼黑麪，你該每日抽鞭自擊，如此方能叫你的靈魂淸潔。你該穿毛皮，喝白水；那你就平安了；是的，完完全全的平安了；不管誰來找你，他從來處來還從原處去，他決不會找到你，他也不能騷擾你。』

那老頭兒還是不住的在屋內走來走去，可是說到最後，不是熱情的大聲卻變爲喃喃自語了。小皇帝抓到這個機會連忙向他滔滔解釋了一遍，心裏滿了不安和惶恐。可是眞作怪，那老頭兒自管咕噥着，理也不理。最後他一路咕噥着到小皇帝面前，用着很嚴重的神氣和他說道：

『噓！我來告訴你一個秘密！』他低下身來正作勢要說，可是他又自動的阻止自己，一換而爲一個靜聽的神氣。一分鐘後，他又墊着腳尖走到窗前去，將頭伸出去在暗黑中聽了一會子，復又點着腳尖回來，將個臉貼着小皇帝的面孔耳語道：『我是個天使長！』

小皇帝一聽嚇了一跳，自己說道：『天老爺，莫非我又遭了殃；如今我豈不是又變成瘋子的俘囚？』他愈想愈害怕，臉色不由大變。那隱士卻又低聲，但很興奮的繼續說道：『我看你已經覺得我的氣味了！你臉上有恐懼之色。不錯，我這種是天堂的氣息，沒人能不受感動的。我霎一霎眼睛，就到天堂去了一個來回。就在這塊小地方我被封爲天使長，那是五年前的事情了，是天上的天使特爲下凡封我的。他們來的當兒，甚麽地方都光亮起來了，簡直光亮的都叫人受不住。而且，皇帝呀，他們都對我下跪哩！不錯，他們對我下跪！因爲我比他們都大呀。我在天堂裏走來走去和教區長們演講。來摸我的手——別怕呀——摸摸。好——你知道你摸的手嗎，是經過亞伯拉罕，以撒，雅各所握過的呀！因爲我曾經在精金的天城走過，我也見過神的臉呀！』說到這兒，他停了一停；突然他又改了臉色，提起腳步，怒聲說道：『我是個天使長，僅僅一個天使長罷了！——其實我該做個主教那是千眞萬確的。二十年前，我在夢中被封的嗎；噢，是啊。我該是一個主教呀！因爲天老爺說過的嗎——可是皇上充去了我的寺院，可憐我，𥕢磴軟軻的僧人，只好被擯於世界之外，受命運的折磨！』到這兒他又自言自語的咕嘰起來，又用拳頭使勁敲自己的腦瓜子；不時罵一聲兩聲，又可憐巴巴的說：『我何人，僅天使長而已——其實我該是個主教！』

於是他這樣咕咕嘰嘰的鬧了一點鐘，小皇帝也就坐着受了一點鐘的罪。但忽然之間，那老頭兒的癲狂發洩透了，變得非常和柔起來。他的聲音也輕軟了，行動也合乎理性了，不久就贏得小皇帝整個的心。他將小皇帝靠着火坐，使他更舒服一點兒；又輕輕撫摸他身上的創痕；於是又忙着預備晚飯給他喫，——一直不斷的快樂的談着話，又不時摸摸孩子的臉頰或拍拍他的頭，如此一來，不久那對天使長的一番恐懼都換而爲對老人的敬愛了。

一時晚飯備好，兩人相對就餐；於是，在神座前祈禱了一番之後，那隱士將孩子送到隔室的牀上去，那一番輕憐蜜愛，眞賽過母親；然後他又獨自坐在爐旁，心不在焉的撥着爐火。最後他猛一停，拿手指敲擊前額，似乎在努力回憶出甚麼來似的。不過結果還是沒想出來，於是他忽地起身，跑進他客人的屋子裏去，說道：

『您是皇帝嗎？』

『是，』——朦朧的回答。

『甚麼皇帝呀？』

『英國皇帝。』

『英國皇帝，那亨利崩駕哪！』

『對哪，我是他的兒子。』

那隱士聽說忽地臉上現出兩道皺痕，將兩個瘦拳頭揑得很緊。他站了幾分鐘，喘息了一會子，最後方啞聲說道：『你不知道就是他弄得我們有國難奔有家難投的嗎？』

這一邊卻無回答。老人再低下頭來一看，只見孩子已睡熟了，呼吸平穩，正在好夢中。『他睡了——睡得這般香；』他說着，額上的皺痕消去，卻換上一副惡意的滿足的表情。正當此時，那孩子的臉上忽地掠過一片笑意。隱士自語道，『哦——他的心倒快活哩；』隨卽轉身而去。他在屋內悄悄的走來走去，搜這兒，翻那兒；一會兒靜聽，一會兒又留心牀上不住的自言自語。最後似乎他已尋到他所需要的東西了——是一把上了銹的鐵刀，還有一片磨石。於是他蛇行到火爐旁，坐下身來，輕輕的將刀放在石塊上磨，嘴裏仍然不住的咕咕嘰嘰。夜風在窗外吹動，好似深長的嘆息，遠處幽怪的夜聲不住的在暗中飄動。出外冒險的小老鼠們，閃着灼灼的眼睛，從縫裏洞裏向外張望，可是老頭兒都一概不管，只一心作他的事。

磨了好半天他拿大拇指試一試刀口，又點點頭表示滿意。說道：『鋒利一點了，不錯，鋒利一點了。』

他一點也不管時候一刻一刻的過去，只靜靜的磨他的刀，深深浸沈在思想中，不時還迸出一兩句以下的話。

『他的父親害得我們好苦，毀了我們的一切——現在到永火裏去了！是的，下到永火裏去了！他逃脫了我們的手——但那是上帝的旨意，是的，那是上帝的旨意，我們不該抱怨。但是他可逃不脫永火！對的，他可逃不脫永火，那燒不盡無情的永火——是天長地久的！』

一面說着，一面磨刀；咕噥中還不時透一兩聲冷笑，後來又自語道：『這一切都是他父親做的。我不過是個天使長——但爲了他，我本該是個大主教呀！』

恰當此時，小皇帝翻了一個身。這隱士立刻寂無聲響的跳起身來，蹤至牀邊跪下，將刀高舉在手。那孩子又一轉身；他的眼睛也張開一會子，可是直直的看不見甚麼；不到一分鐘又酣然入夢。

隱士凝神注視了半日，動也不敢動的只喘着氣；這纔放低了手臂，悄悄爬過一邊去，口裏說道：

『這已經是深夜了——若他叫喊出來可不是頑的，說不定有過路客人哩。』

於是他在小茅屋內這兒找點破布條，那兒湊點皮帶甚麼的，然後回到牀前先將小皇帝的兩隻腳齊踝綑紮起來。其次他便打算綁孩子的手腕；但試過多少次，總碰着那孩子不是手伸出來就是縮進去，幾乎弄得我們這位天使長沒了主意，最後還是小皇帝自己不知怎麽一來將手合攏來了，這纔讓隱士就勢綑好。此後隱士又取了一根帶穿過頭根，拉過頭頂一把縛住——他弄得那麽輕巧，那麽緩慢，直至弄好孩子都沒被弄醒。

第二十一章　漢登解救王子

將小皇帝縛畢之後，那老人像貓一般的偸溜了過去，又掇過矮凳來。他自己坐了上去，一半身子在半明不暗的燈光中，另一半卻藏在黑影裏；他一面釘着眼望那在熟睡中的孩子，一面仍然繼續輕輕磨他的刀，伴着不時的冷笑和自語，也不管時間一點一點的逝去；他那付醜惡的形態就如一個大蜘蛛捉到一隻網裏的蟲一樣。

過了好半天，那老人雖然仍然釘着孩子看，可是甚麼也看不見似的，他的心幾乎深沈得像在夢中——但忽然一凝眸卻見那孩子正睜開了兩隻大眼睛——看見刀子已經嚇得直瞪白眼。一陣魔鬼的獰笑掠過老人的臉，他神色不變的說道：

『亨利第八的兒子，你禱告過沒有？』

可憐那孩子渾身都在綑綁中，掙扎有甚麼用；同時那閉緊的牙關不由振振作響，那隱士還以爲他是答應他的問題哩。

『那麽再禱告一遍。禱告後讓你升天。』

孩子聽說，不由身上一陣顫抖，登時臉色如土。於是他又掙扎，從這邊滾到那邊，瘋狂的，凶暴的，拚命的掙扎，可是沒法兒鬆綁；這一邊他在死命的掙扎，可是那老鬼卻不住的在一旁冷笑，靜悄悄的磨着刀，不時咕噥道：『時間很可貴很短促——快點禱告罷，早點升天。』

孩子最後迸出一聲呻吟，也不再掙扎，只喘氣。眼淚由他眶內流出來，一滴又一滴，掛了滿臉：但這慘痛的形狀並不曾緩和那老人的心。

這時，窗外已透進一點曙光；隱士看着心裏擔驚，不由怒聲說道：『我可不能再讓你這麽延捱下去了！夜晚已經過去。這祇要一分鐘就好哪——一分鐘就好哪；怎麽你好似要受一年似的毀壞教會人的兒子，閉上你的眼睛，免得你看了害怕……』

說到這兒只有喃喃的尾聲了。那老人跪下身來，手提大刀，正舉勢要殺那呻吟中的孩子——嚇！茅屋近處有了聲響——隱士手中的刀跌落在地；他隨手拖過一條羊皮蓋在孩子身上，矍然驚立，不由渾身顫抖。外邊響聲又已加大，同時聽見又怒又粗的人聲；接着又是擊打聲求救聲和成一片；接着一陣急促的步履聲退走了。此後便聽得小屋的前門像擂鼓一般的敲着還挾有

『哈——囉！開開門！憑着閻王，你替我開門！』

哦，再沒有比這個更音樂化的聲音叫小皇帝聽了開心的了；原來那是漢登麻的聲音呀！那隱士氣得只咬牙，迅速的由寢室走出去隨手將門關上；但小皇帝卻筆直聽到以下的談話，

『對不住，老丈！我的孩子在那兒——我的孩子？』

『朋友，甚麼孩子呀？』

『甚麼孩子！別和我扯謊了，牧師先生，別同我耍戲法了！我是不同你開玩笑的。靠這近邊兒我捉到那小流氓他偷了我的孩子，我打着他承認；他們說他又逃走的。他們找他的脚印給我看，一直到你門口。現在你也別圖賴了；聖人，好好說出來，孩子在那兒？』

『哦，好人，你是說昨天晚上來的那個小叫化。你爲何不早說他呀，我剛差他出去做一件事，馬上就要回來的。』

『多快就回來哪？多快就回來哪？來來，別躭擱時候——我不能追上他嗎？他多晚可以回來？』

『你別招急呀；他快就要回來的。』

『旣這麼說。我就等着他。不對！——你說差他去跑腿去了嗎？——你！哼，這是假話——他一定不會去的。他準會拉掉你的鬍子，你簡直是侮辱他。朋友，你撒謊哪，你的的確確撒了謊哪！他決不會爲你或任何人做事的。』

『任何人——當然不能。但我不是人。』

『甚麼！你不是人！憑上帝，你是誰？』

『這是個祕密——你可不許胡亂說出來。我是一個天使長！』

說到這兒，只聽漢登厤大大發出一聲驚歎——卻不大恭敬——跟着他說：

『這頭銜倒的確使得動他！我是早就知道他不能爲一個凡人動一動手腳的；可是，先生啊，就是皇帝也不能不聽天使的命令呀！讓我——唏！甚麼響聲呀？』

原來他們在這兒談話的當兒，小皇帝也是連希望加悚懼的哆嗦成一團；同時他更用盡他的能力要呻吟得使漢登聽見，可是事實上卻不曾辦到。可是聽到他的僕人在說話，他將死的心情不覺又加了一點生氣；因此他着意的作響正當此時那隱士說道：

『聲響嗎！我只聽見風。』

『或許是風。不錯，無疑的那是風。我一直聽見一點微弱的——又來哪！那不是風！這聲音多古怪呀！來，我們來將牠尋出來！』

小皇帝在裏面聽得他如此說，喜歡得幾乎受不住。他那疲乏的肺囊仍然竭其所能的工作，可是封了口的牙關，以及蒙頭罩着的羊皮實在透不出聲息。最後他的心一沈只聽那隱士說道：『嘆，那是從外面來的聲音——我想一定是從那前面樹林裏出來的。來，我來領路。』

小皇帝耳聽着他們兩個且走且談的出去了；聽見兩人的足步不久消逝了——剩下給他的只是一片死靜。

等了幾乎像有一年之長的時候，纔聽見他們又回來了——這次除他們二人的步履聲外還有其他的聲音——明顯的是獸蹄聲。這又聽漢登麻說道：

『我一定不再白等了。我不能再空等了。他一定在這樹林裏迷失了路。他是向那一條方向走的呢？快點——指給我看。』

『他呀——你等一等；我同你一塊兒去罷。』

『好極了——好極了！怎麼，你的確心地要比面孔好多了。乖乖，我眞想沒有別的天使長能比你的心再好的了。你要騎牲口嗎？這口爲我那孩子預備的小驢給你騎好嗎？再不然就騎我自己用的可是頂屈強的騾子好嗎？』

『不用，不用——你自管騎着騾子，牽着驢子；我一定用兩條腿的牲口，自己走。』

『那麼，勞你的駕，代我看一下驢子，讓我來拚着性命來看能否騎得上這大畜生。』

接着就是一陣亂踢，亂打，亂跳的嚷鬧挾雜着雷鳴似的咒駡，最後狠狠的一聲方纔煞了騾子的野性，跟着雙方都停止了戰爭。

當他們的足聲漸漸消逝而去時，小皇帝感覺有說不出的悲哀。一切的希望都煙銷火滅，襲上心頭的只是無底的絕望。他說：『我唯一的朋友給騙走了，那老頭還要回來，就要——』他喘了一口氣，復又不顧性命的亂掙扎，最後將羊皮也給弄掉在地上。

恰在此時他聽見門又開了！這一聲嚇得他直冷到骨髓——他已經覺得刀架在頸子上面了。悚懼先叫他閉上眼睛；悚懼又叫他張開眼睛——只見立在他面前的是康梯約翰和柚哥！

假使他牙關自由的話一定會說『多謝上帝！』

兩分鐘後他的身體恢復了自由可是兩隻膀子又給一人挾了一隻又逼着穿出樹林去。

第二十二章　詭計下的犧牲

且說『傻瓜國王』又一次跌進那班流氓的手裏，給他們作戲弄玩笑的下酒物；等那頭目一轉背時還得受康梯約翰和柚哥的惡待。其實除了這二人是眞正不喜歡他之外，別人都還喜歡他，而對他的氣概更是一致的讚美。在那兩三日之內，柚哥藉着看顧之名，竭其所能的叫小皇帝不舒服；到晚上更是想出法子來挑惹他，叫大夥兒高興。他兩次故意踏小皇帝的足趾，可是小皇帝爲保持天子的尊嚴不屑一理；但第三次柚哥又施故技，可惹起小皇帝的氣來，他使一根木杖將柚哥一棍打落在地，全隊都嘩笑起來。柚哥不由又羞又氣，跳起身來，搶根木杖在手便奔過來拚命。馬上兩武士的四週站了一圈子的看客，嘻笑並作。但可憐的柚哥眞是班門弄斧了。他那學徒出身的人知道甚麽劍擊，那能比得小皇帝的武藝，他是經過第一流劍客的指導，使一根單棒眞是風雨不透。只見他向中間一站，輕輕巧巧的使出他那慣家的術數，既準確而又滑溜，引得大家嘖嘖不已，偶然覷空，柚哥頭上便落了一記，大家更鼓掌歡笑屋瓦都爲之振動。待十五鐘之後，柚哥已經不支，遍體傷痕，加之那無情的嘲笑便敗北求饒了，而那得勝的英雄早就給擁上肩頭，直送至頭目身邊，以極隆重的典禮加冕爲技擊之王，那難聽的傻瓜國王從此取消，誰敢再提科以重罰。

他們想盡了方法叫小皇帝獻藝都不成功。他無論如何也不肯表演，他時常都想着逃走。他們第一天將他衝進一家沒人看守的廚房裏，他不但空了手回來，還幾乎驚動了人。第二次他們叫他跟補鍋匠一同出去幫忙；他不但不幫忙，反而乘空要走，累得那位補鍋匠和柚哥只好一人拉他一隻手，護送回來。無論誰阻止他的個人自由或命令他做甚麼，總得他串珠似的雷霆之怒的威言。最後他們又將他交給柚哥帶着，跟一個婦人懷抱病孩的叫化出去行乞；但結果又是不妙，他非但不肯求乞，連參加也不願。

如此又過了好幾日，這種流蕩的淒慘，求乞的悲哀，孤寂的痛苦，簡直叫小皇帝感覺不能忍受了，他最後竟想還不如死在那隱士的刀下爲妙。

但一到了晚上，入了夢中，這一切便都忘記了，他仍然在寶座上，做他的國王。自然，這更增加他醒後的悲哀，——所以他回來與柚哥打架的那幾日的早晨他感覺得一天苦似一天，一天比一天難受。

打架的第二日清晨，柚哥抽身起來，一肚子是報復的惡意。他想好兩條特別的好主意。第一條是任意虐待他侮辱他那幻想的天子之尊，使他難堪；若這個做不到呢，他另一條毒計便是做好圈套使他犯罪，然後受法律的制裁。

爲要實行第一條計策，他提議要在小皇帝的腿上假造一個『毒瘡，』然後在大路上露着腿好行乞。至於毒瘡是怎麼一個做法呢？原來是拿肥皂和石灰混成漿糊狀的東西，和上鐵銹括在一塊皮板上，然後將皮板緊裹在腿上。這一裹上之後立刻皮膚就會泡腫起來，先出血，等血乾後就變成一種暗黑討厭的色澤。然後隨意拿塊破布包上，那麼一個難看的毒瘡便成功了。將那條腿伸在大路邊，自然會動過路人的惻隱之心。

柚哥邀了補鍋匠幫他的忙；他們兩人挑了補鍋擔子帶着小皇帝就出去了，及至他們一到人煙稀少的地方，立刻便將那孩子掀翻在地，補鍋匠把着他，柚哥便將製好的膏藥綁在他的腿上。

小皇帝受此侮辱，氣得發昏章第十一，他說一朝皇笏在手立刻先將他們二人絞死；但他們仍然緊緊揑牢他，看着他的掙扎快活，聽他的恐嚇只是冷笑。說時遲，藥性已在小皇帝腿上開始發作，再沒人來救，毒瘡便要成功了。可是天無絕人之路，恰當此時來了上一次彈責英國法律的那個奴隸，他救了小皇帝，抛去那膏藥布。

小皇帝很想借那人的木棒將這兩個惡鬼痛打一頓，但給那人勸住了，說會打出痲煩來的不如等到晚上再說，那時候全隊的人在一塊，外邊人纔不敢欺侮或阻擋，果然他帶了他們幾人回來將一切都報告了頭目，他聽完以後，默想了一會子便決定不再讓小皇帝作討飯的事——因爲他本有大才，可以大用——當場就升了他的官，由叫化一變而爲偷竊！

柚哥可喜得了不得。他早就教小皇帝偷竊可是失敗了；如今他可不用再找那些痲煩了；因爲小皇帝自然不敢違背直接從上頭下來的命令。所以那個下午他就計畫着第二條惡計叫他犯法，不過要害他也得將法子想得巧妙一點，不能露出一點形迹，如今這技擊之王比不得先時了，他是走了運的人了，誰都不捧他？像他這種背時的人要是自己的惡計給人知道了，可不是好發付的。

好極了。剛好柚哥有個好機會帶着他的俘獲品向隔村走去；兩個人雖是高一步低一步的穿巷出街的那麽走，可是各人有各人的心事，一個是在找機會害人，另一個卻是找機會逃走。有好些個很好的可以利用的機會他們都給失掉了，因爲他們的心另有所注，所以正事都來不及管了。

柚哥的機會先來了。這時來了一個婦人她帶了一隻籃子裏面有個很大的包子。柚哥一見，喜得眼睛裏都冒出光來，他不由和自己說道：『喝，好極了，這個可以頑他一頑，上帝保佑你，技擊之王』！他等候着，注意着外面似乎很耐心，其實心裏眞着急，慢慢那婦人走到了，一看時機已熟；於是他小聲說道『你等一等，我馬上就來，』說完悄悄的溜開了。

小皇帝滿心喜得要命——他想只要柚哥走得遠一點他就可逃跑了。可是他卻沒有這樣好的運道。原來柚哥轉到那婦人背後，搶了那包子，用自己原預備好的包袱包好，仍舊跑了回來。立刻那女人已經大叫起來，雖然她沒看見人偷東西，但她的籃子忽然輕了是有數的。這時柚哥將那一包向小皇帝手裏一塞說道：

『現在你趕快跟在我後面跑，大聲喊「捉賊！」可是帶着他們亂走！』

說完他轉過一個灣跑進一個曲巷裏面去了——不到兩分鐘他又出現，神色自若，平淡無事的模樣在作壁上觀。

小皇帝氣極將包往地上一拋；剛在那婦人和一大羣閒人到面前的時候，包袱打開，原物出現；她也不管三七二十一，一手捉住小皇帝的腕節，一手拾起她的包嘴裏便串珠似的罵咒起來，可憐小皇帝要掙扎也掙扎不脫。

柚哥從旁邊看見大功告成，自己的仇敵已給人捉住，冷笑了一番，心滿意足的回營去了，一路盤算用甚麼最巧妙的話將此事報告頭目。

小皇帝仍然不住的掙扎，不時激怒的喊道：

『別拉着我呀，你個蠢東西，拿你東西的並不是我呀！』

四圍都站滿了閒人，不是罵就是恐嚇着小皇帝，一個強有力的鐵匠，圍着一條皮圍裙，袖子擄得高高的，也自告奮勇的要來給他一頓教訓；不知此時半空中忽然飛來一柄長劍，打落了他來勢洶洶的雙手，只聽那漂亮的劍主人說道：

『喂，先生們，你們也稍爲客氣一點兒，何必逼人太甚？這是法律的事，也不是你們私人打一頓罵一頓就能了事的呀。好婦人你代我鬆了孩子的手。』

那鐵匠向這不速之客的丘八望了一眼，摸摸膀子自咕嘰着去了；那婦人也立刻鬆了手；那羣衆看看那生人雖不樂意卻無人敢開口。這兒小皇帝早跳到那人身旁去，滿頰緋紅，滿眼發光的驚呼道：

『你眞走得太慢了，不過你現在恰來的在時候漢登爵士；把這班狗東西代我轟走！』

第二十三章　王子作囚人

漢登勉強笑了一笑，又低下身來和小皇帝附耳道：『輕一點，輕一點我的王子，少說一句能信任我——準會有個好了局的。』於是他又對自己說道：『漢登爵士！乖乖，我都忘記我是個武士了！天，多奇怪的事，他記憶裏還是這一套胡思怪想！……我這麼一個空虛可笑的頭銜，但也是功勞掙得來的哩，我想在他寐夢之國裏做個虛名武士還比在眞正世界裏做個卑鄙的侯爵要好得多。』

這時候羣衆都讓道兒給一個巡警進來，他走上前就要抓皇帝的肩膀，這邊漢登連忙說道：

『好朋友，你輕一點，不用勞你的尊手，他自會去的；這我可以負完全責任。你領路，我們跟着。』

於是警士帶着婦人和包袱在前面走，漢登帶着小皇帝隨後跟着，而後面復又跟了無數看閒的人。小皇帝又待反抗；但漢登却小聲和他說道：

『想一想，陛下——您的法律就是您皇室的威權。若從主兒起就不尊重法律還能希望別人遵行嗎？很明顯的現在有一條法律是破壞了；若您他日登位，一想到您身爲平民的時候居然藐視法令，不是要叫你難過一輩子嗎？』

『你說的對；別再多說了，你看着罷，英國王如何使人民受法律的制裁，他設身處地的時候也同樣尊重法律。』

當那婦人站在法官面前陳述的案情的時候，她發誓說就是那立在柵前的小囚犯偷她的包兒的；因爲沒有一個人能反證，因此小皇帝就定了罪。當包兒當衆解開時，原來裏面是一隻殺好的小肥豬，法官一看不由心上煩惱，漢登更是嚇得臉都發白了，可是小皇帝因爲不懂所以仍然無事人般的漠然不動。那法官思索半天，方轉過身去問那婦人：

『你這東西値多少錢呀？』

那婦人行個禮答道：『老爺，是三先令帶八個辨士，不敢胡說亂道，是實話。』

法官向羣衆很不舒服的望了一眼，便和警士點着頭說道：『退堂，關門。』

一時人都走淸，只剩下兩位警官，一個原告，一個被告及漢登麻。這最後的一人此時已是面無人色，前額上的冷汗出個不住，一滴一滴淌下來。法官又轉身以極慈悲的聲音和婦人說道：『這可憐無辜的小孩子，或許他是被饑寒所迫，因爲這種年頭兒窮人是很不容易過的，他的臉並不惡像，不過飢寒交迫的當兒——好婦人！你難道不知道若他偷的東西價值在十三辨士以上就該絞死嗎？』

小皇帝至此纔嚇了一跳，睜圓了兩隻眼睛，但他仍自己管着不使失驚打怪的；但那女人就不然了。她跳起脚來，駭怕的只抖戰，又叫出來道：

『啊喲，我的天，我這可幹的是甚麼事呀！老天爺無論怎麼我也不能讓那可憐的小東西給絞死呀，好老爺——我怎麼辦呢？我可以做甚麼呢？』

法官仍然保持着他那法官的鎮定，簡單的說道：『無疑的，你還可以改你的價值呀，因爲我們這兒還沒有正式記下來哩。』

『那麼憑着天老爺將小猪改成八個辨士罷，這個罪我眞受不住哪。』

漢登麻一聽說樂得忘其所以了，竟雙手摟着小皇帝抱了一抱，倒叫小皇帝又驚又怪。那婦人抱着小豬行過告別禮自管走了；警士代她開了門又跟她走出至一條窄的廊道裏。法官坐下來寫他的記錄。漢登是何等的機警，一見警士跟出去必有緣故，便也緊緊輕輕跟出去偷聽。果然他聽見了以下的談話：

『我看那是個肥小豬，一定挺好吃的，讓我買了罷，八辨士在這兒。』

『八辨士，倒想得高！你這麼會討巧。我是三先令八辨士的銀錢買來的一隻肥豬八辨士！』

『你出乎爾反乎爾嗎？你剛纔不是賭咒發誓說是八辨士嗎？好好，你跟我回到法官那兒去翻案！——那孩子一定得絞死！』

『喏，喏，好人，別說了，我算佩服你。八辨士就八辨士罷，你別多說了。』

那女人一路哭着出去了；漢登也溜回來，那警士也藏過他的便宜貨依然又進來。這時法官又寫了一會子，纔將小皇帝當面教訓了一頓，又判他在普通監獄裏關一個短短時期，然後當衆鞭打再釋放。那驚異萬分的小皇帝正擬開口吩咐將那法官割頭，但漢登連忙以目示意，方纔閉住他老人家的口。漢登攙了他的手，向法官行個禮，這纔雙雙由警士領着向監獄走去。但剛到街上時，小皇帝猛一停，拔去手，高叫道：

『笨東西，你以爲我這輩子肯進普通監牢嗎？』

漢登又低下身來略帶嚴厲的說道：『你能信任我嗎？你安靜一點兒，別把我們的機會破壞了。是上帝的旨意，我們就得聽從；你不能夠性急的，你也不能更換的；所以你得等着，耐煩一點——到時候自然有得你樂的。』

第二十四章　逃

冬日苦短，不久已是黃昏。其時街路上已經很少行人，只有少數的流蕩子在無目的地蹀躞街頭，別人都急匆匆的無暇他顧，大有趕早回家安息的態度。誰也沒眼東張西望，誰也沒注意到我們書中的一行人，壓根兒誰也沒看見他們。愛德華第六世對於一個以天子之尊判處徒刑的西洋景，居然沒人當回事，覺得大感驚奇。慢慢的這一行人警士領到一人煙稀少的市場處，打算穿出去。剛走到半路時，漢登將手在那人臂上一按說道：

『好先生，你站一站，這兒沒人，我有句話要和你先生說。』

『先生，對不住，我責任在身；別阻着我，天晚哪。』

『但你無論如何得停一下，此事有先生很有關係哩。你祇轉一個身，假裝不看見，讓這苦孩子逃走。』

『先生，原來如此看我逮捕你——』

『喂，別太急了。鑄成大錯後悔莫及——』於是附着他的耳朶道——『你八辨士買的小豬能送掉你的腦袋，你知道嗎？』

那可憐的警士先嚇得半天講不出話來，後來神思定了一定，方吐出許多誇大恐嚇的話來；可是漢登靜靜的由着他說，卻無動於中，最後方答道：

『朋友，我是為你好，不願意看你受害纔和你說的。不瞞你說，你們的話我字字都聽見了，不信我背給你聽。』於是他將那婦人在廊道裏和警士所談的話句句都照背一遍，最後又說：『你看——我不是背的一字不錯嗎？如果事實上需要的話我在法官前不是也能照樣說嗎？』

那人啞口無言，楞了半天，忽然他裝着若無其事的說道：『其實這不過是我鬧笑話罷咧，我不過逗那女人開開心的。』

『留下女人的小豬也是開開心嗎？』

那人嚴厲的答道：

『好先生，沒有別的——我告訴你不過是個笑話而已。』

漢登半帶嘲笑半帶相信的口吻說道：『我相信你的話，你在這兒待一會子，我到法官老爺那兒去一下，他對法律是富有經驗的，看是笑話還是——』

他說着轉身就走；這警士遲疑半晌，罵了一兩聲，方喊出來道：

『站住，站住，先生，有話好講，等一會兒——法官！怎麼，他是不管你笑話不笑話的呀，——來，我們從長計較。他媽的，怎這麼倒霉——爲個笑話也惹出禍來。我是有家有室的；老婆孩子——喂，好老爺你講講情理；你要我怎的？』

『祇要你閉上眼睛，關上嘴——慢慢從一數到十萬。』漢登說時的表情好似他的要求既十分正當而又是很小的一回事一般。

警士絕望的說道：『那就毀了我了！啊好老爺，你講講理；你只從各方面將這件評評看是多麼小的一個笑話。便當牠是眞的罷，也不過讓法官罵一兩句就完了，也不見得有大不了的罪名。』

漢登臉一冷答道：『你知道你的笑話在法律上是甚麼名詞嗎？』

『我不知道！我沒有這麼聰明。我做夢也沒想到這在法律上還有名詞，我以爲我是初犯哩。』

『不假，牠有個法律的名詞。就是 Non compos mentislex talionis sic transit gloria Mundi.——』

『啊，我的天老爺！』

『罪名就是死！』

『菩薩開恩啊，我不是個罪犯了嗎？』

『可不是，你搶刦了值十三辨士以上的財物，只付了一筆小錢，從法律的眼光看來，你是不可赦的罪。』

『好先生，扶着我，扶着我，我的腿立不住哪！您做做好事能——免去我這一道罪名，我一定轉背不看，你愛怎麼就怎麼吧。』

『這纔好啊，現在你纔聰明講理呀。你要把豬還給那婦人嗎？』

『自然自然——就是下次天使送豬來我也不敢碰了。去能，我現在爲你的緣故眼睛瞎了
——甚麼也看不見。我就說你用武力將囚犯從我手裏搶得去的好了。那扇門已經又老又舊了
——等半夜裏我來把牠拉倒。』
『好極了，你儘管那麼做，決沒有危險；那法官的心也是挺仁厚的，決不會因爲他逃了加罪於你的。』

第二十五章　漢登堂

且說警士閉着眼睛讓漢登和小皇帝逃走以後，不久他們就到了鎮外，漢登先將皇帝安置在一處妥當的地方，自己先進城了結旅館的帳目。半小時以後朋友兩個已乘上漢登那兩個叫人煩心的畜生，快樂的向東走去。如今小皇帝不冷了。破衣都已換下，仍穿上漢登在倫敦橋買的二件舊衣，怪舒適的了。

漢登不願意叫孩子太累，他想那艱難的旅行，不按時的餐飯，以及不等量的睡眠，一定會使他加病；而安息，準時的眠食，以及和緩的運動，準會叫他逐漸痊癒，他一心希望他能逐出那腦子裏的病態幻想，恢復原有的機智；因此他決定緩緩的一站又一站的走回他離別多年的家，不願意日夜兼程的那麼趕。

約行了十哩的光景，他們到了一所村莊，便在一家很好的旅館裏打宿。以[illegible]的關係至此又恢復了；漢登在皇帝的椅子後面侍立，服侍他進餐；上牀時給他卸裝；然後裹一條被單睡在門外作護衞。

第二天，第三天，他們一路緩緩的走來，互訴一些別後的情形。漢登先說他如何各地去搜求皇帝的蹤跡，又描述如何被那天使長領進深林一遭，最後擺脫不了，終於又將他引回來。於是——他說——那老頭兒跑回家向寢室裏鑽了一鑽卻滿臉失望的出來說他以爲孩子該回來躺在牀上休息的，然而結果卻沒有。漢登便在那草舍裏等候了一整天，實在死了心方又出來尋找。最後漢登說：

『那至聖所的天使長見您不回來，眞難受得甚麼似的，他的臉色我是瞧得出的。』

『哼，我十分不疑惑你的話！』小皇帝隨卽將自己的故事也說了一遍，漢登聽罷纔又後悔不曾將那天使長殺掉。

到旅程的最後一日時，漢登突然變得飛揚活潑起來。他滔滔的有說不完的話。他談他的老父親，他的哥哥奧特，又說了許多的事實以表明他們高尚的性格，他又談所愛的埃迪姑娘，他歡喜得連向來所恨的黑格也包涵許多了。他摹擬着他們在漢登堂相見時的一番喜樂和驚奇，興緻高到極點。

那是一片極可愛的地帶，點綴着一簇簇的山莊果園，大路兩旁盡是廣大的草原，極目望去，土原有起有伏正如海浪的吞吐一般。到了下午，一種歸來的狂歡更叫他不住的引頭眺望，看能否從高處望到他的家。最後他眞的見到了，不由狂叫道：

『我的王子，您看呀，那就是我們的村莊哪，漢登堂就近在旁邊：你看這兒是塔，那兒是樹林——那是我父親的公園。啊！您現在能知道我們府邸的莊嚴偉大了罷！你去想——七十間屋子，二十七個傭人！像我們這種人有這般的享受就很够了，可不是嗎？來，讓我們快點罷，——我簡直急的不能受了。』

果然他們縱鞭跑去，然而還過了三小時以後方跑到村莊那兒。當他們穿村而過的當兒，漢登的話又來了。『這兒是禮拜堂——還是舊日的青藤，——既不多也不少。』『前面是旅館叫老紅獅子——再前面又是市場。』『這兒是「五月旗桿」這是抽水機——十年來沒有一點兒改變；

只有人改了有些人我似曾相識，但沒人認得我了。』便如此這般，他順口談說下去。不久村莊的盡頭也到了；於是轉彎進入一條窄而曲的小巷裏兩邊豎着高籬笆，又跑了半哩路的光景，這纔又橫過一片廣大的花園，穿過一突出的大門石柱儼然，最後便到了一所高大的府邸門口。

『歡迎吾皇到漢登堂！』漢登歡呼着，『啊，這眞是了不起的光榮之日！家父，家兄，以及埃迪姑娘都必因見我而喜到發狂，也許在先的一刹那對吾皇不免有冷落疏慢之處——一定要請吾皇原諒，因爲只要我一說明我對吾皇的愛，他們定會爲我的緣故，竭力招待的！』

說着漢登先跳下坐騎來，幫着小皇帝也下了牲口，便雙雙向門裏衝去。升上數層臺階便是一間大廳：他一進去，急匆匆禮數也顧不及的將小皇帝安置坐下，便奔到一個青年人而前去。他正坐在熊熊爐火旁的一張寫字檯上。

他叫道：『黑格，快擁抱我罷，你看我又回來了！再請老父出來讓我拜謁，讓我再一度的觸觸他的手，聽聽他的聲音，也不枉回家一趟呀！』

但黑格祇向後退了一退，驚異了一會子，方冷削的向這不速之客瞥了一眼——先是一種犯怒的表情，繼而轉念一改爲莫明其妙的好奇以及一種是眞或假的慈悲的混合表情。終於他和柔的說道：

『可憐的外客，你似乎有感而發；無疑的你曾飽受了人情冷暖世態炎涼的苦味；你的衣着面容都分明表示出來。你拿我當你甚麼人呀？』

『拿你當甚麼人嗎？你是我甚麼人我就拿你當甚麼人，我現在就當你是漢登黑格。』漢登麻嚴厲的說。但那一位仍然和聲問道：

『那你自己自居爲何人呢？』

『這不是自居不自居的問題！你能假裝你不認識你哥哥漢登麻嗎？』

黑格的面孔上忽然掠過一片驚喜的表情，他歡呼道：『甚嗎！你不是開玩笑罷？難道死人又復生了嗎？如果是眞的倒是應該多謝上帝的了！我們的可憐孩子失落了這麼多年又回來，是多麼大的喜事呀！啊，這簡直好得叫人難以置信了，這簡直好得叫人難以置信了——我警告你，你可不能耍着我們玩啊！快——走到燈光下來——讓我瞧一個淸！』

他抓着漢登麻的膀子就拖到一扇窗前，將他從頭到腳都看個仔細，又將他翻過來覆過去的瞧，又快步繞着他前後研究；其時那歸來的遊子已喜得只是笑不住的點頭道：

『兄弟，你儘管看吧，看吧別害怕；無論是面容是四肢都經得起你試驗的。我的黑格老弟，儘管看到心滿意足罷——我的確是老漢登麻，你失蹤多年的哥哥可不是嗎？，啊眞是個大喜之日——我早就說過是個大喜之日！你的手，來吧；，臉，來吧——我眞喜歡死了！』

他正想縱身和他弟弟擁抱時，但黑格卻將手一鬆，長下巴一掛，很激動的說道：『啊，上帝給我力量忍受這失望！』

漢登麻驚奇的半晌說不出一句話，後來方喊出來道：『甚麼失望？難道我不是你的哥哥嗎？』

黑格傷心的搖搖頭說道：『我求上天能證明你是就好了，可惜我的眼睛認不出來。啊喲，只怕那封信上的話是太眞確了！』

『甚麼信？』

『六七年前從海外來的一封信。說我哥哥已經陣亡了。』

『那是謊話！請父親出來——他一定認識我。』

『設法兒請死人還陽。』

『死了嗎？』漢登麻聲音也啞了，嘴唇也顫抖了。『我父居然死了——哦，這眞是傷心慘目。我的快樂已去了一半了。那麼讓我見見我哥哥奧特——他一定認識我安慰我。』

『他也死了。』

『上帝開恩吧，我受不住了！死了——雙雙都死了——好人都接去單留下我這壞人！噢！我求你別說埃迪也——』

『也死嗎？沒有，她還在哩。』

『那麼，多謝上帝，我又快活了！快點，弟弟，請她出來與我相見！假使她也不認我——但她決不會的；不會，不會，她一定認識我，我疑惑眞是傻瓜請她來——再叫老傭人來；他們也一定全認識我。』

『都死光了，只剩下五個——彼得，亥爾斯，大衞，伯納特，還有瑪格月。』

說畢黑格走出屋子去了。漢登立着凝思了一會兒，在地板上來回走着，口裏咕嚷道：『二十二個誠實可靠的都死光，只剩下五個頭等壞瓜——倒也是奇事。』

他繼續的來回踱着方步，自言自語的；他已將小皇帝置於度外了。後來小皇帝忍不住嚴肅的說道：『好人，不要悲嘆你的不幸吧；世界上還有同你同病相憐的哩。』

漢登一聽，不由面孔微微發紅，叫道：『啊，吾皇，請別責備我——等一等你就知道了。我不是冒名撞騙的人——她一定會證實的；您將要聽見英國最甜蜜的嘴唇講這句話。我是假冒的嗎，怎麼，這古大廳，這一些老祖宗的像片，以及一切的一切我都知道得不能再知道了。我皇，這是我生之育之的地方；我說的是實話；我不騙你；便是別人不相信我，您總該相信我的話，否則我眞受不住了。』

『我不曾懷疑你，』小皇帝說着，表示着一腔孩子的赤誠和天眞。

『我眞是由衷的感激！』漢登歡叫着，神情之間表示他是眞的感動了。至此小皇帝又復純眞的問一句：『你可疑惑我嗎？』

漢登一聽不由有點羞愧，正不知如何作答，幸好此時黑格正開門進來。後面跟着一位富麗典雅，儀態萬方的太太再後面又是一簇穿着制服的傭僕。那太太低着頭走來，似乎悲哀不勝的樣子。漢登麻一見她便跳起身來叫道：

『哦，我的埃迪，我的親親——』

但黑格卻嚴厲的將他往後面一推，只和那太太說道：『你看看他。你認識他嗎？』

一聽漢登麻的聲音，那女子已微微一驚，她的雙頰也跟着湧起兩朵紅雲；她現在更渾身抖顫起來了。她先石像般的立了好幾分鐘，這纔抬起頭來以二十四分恐懼的目光向漢登望來；一望之後，只見她雙頰的血色，一滴一滴的退去，最後只剩了死灰；然後她纔微聲說道：『我不認識他！』轉過身去，嗚咽了一聲竟退出屋外去了。

漢登向身後椅子上一倒，雙手蒙着臉。過了一會子，他弟弟又和衆奴僕說道：『你們都看見他哪。你們認識他嗎？』

他們只搖搖頭；於是家主又說：『既然傭僕也不認識你，先生。我怕你是弄了誤會了。你看我妻子也不認識你。』

『你的妻子！』轉眼之間黑格已經給漢登的鐵腕揪住釘在牆上吼道：『哦，你個黑心狐，我都明白了！你假造信件，偷了我的新娘，現在擁了家私在享福呀。現在，你滾過去，別汚了老爺的手！』

黑格氣得滿臉通紅，挨到近旁的一張椅子前吩咐傭僕將漢登綁起來。他們遲疑着不敢動手，有一個說道：『老爺，他是帶軍器的，我們沒有傢伙呀。』

『軍器怎麼哪，他不過是一個人呀，你們這麼多人哪！抓下他來！』

但漢登卻警告他們小心一點兒，又說道：『你們知道我的脾氣——我沒改變哩；敢，你們就來』。如此說，傭人們還是怕，便縮着不動。黑格可燥起來吼道：『你們這班小膽子鬼走開，武裝起來去看門，我來站在這兒守着。』又轉身對漢登道：『看你逃出我的掌心去。』

『逃嗎？這一層你放心好了。要知道我漢登麻纔是漢登堂及一切所有的主人公哩。幹嗎我要逃？我一定要留在這兒！』

第二十六章　否認

小皇帝坐着凝思了數分鐘，忽的抬起頭說道：『這眞奇怪——太奇怪了。我簡直不懂。』

『這沒有甚麼奇怪呀，吾皇。我早知他的爲人，他這種行爲自然極了。他生下來就是個壞胚子。』

『哦，漢登爵士，我說的不是他。』

『不是他？那麼是誰呢？那麼是甚麼東西奇怪呢？』

『我說的是皇帝失蹤居然沒有人問。』

『甚嗎？誰？我想我不懂你的話。』

『眞的！難道一個國家的元首走失，居然遍地沒有人問，沒有人張廣告畫影圖形的尋找，你不覺得奇怪嗎？』

『對極了，我的陛下，我都忘記了。』於是漢登嘆了一口氣，又自己咕嘰道：『可憐的瘋腦子——

還是忙着這一套。』

『可是我已經想好一條計策，我們兩個都有了辦法了。我來寫一張紙條——用拉丁，希臘，英文三種文字，你趕淸早就帶到倫敦。將牠交給我的舅舅黑特福公爵；他一看見就能知道是我寫的。然後他一定會打發人來接我。』

『我的殿下，你想等我在這兒先確定了我的身份和財產再去倫敦不是好一點兒嗎？那樣我也能夠——』至此小皇帝不耐煩的插言道：

『且住！難道你的區區名份財產能抵得過國家之重皇位之尊嗎？』也許因過分的嚴厲不過意了，他又和聲說道：『聽我的話去做，別害怕；你的事情我自有主張，我要恢復你一切所有——是的，還另有封賜。我一定記得的。』

如此說着他已拿起筆來，坐下來寫了。漢登望着他靜思了半晌，不由和自己說道：『到這個時候，我眞想這是皇帝在說話哩；這還能否認嗎？他那話兒一陣發作時，可不是雷一陣閃一陣的像眞個皇帝似的嗎——這一套本事卻又是打那兒學得來的呢？看他滿意的在滿紙塗鴉眞以爲是拉丁，希臘哩——看樣如果我想不出話搪塞時，明天還眞得假裝跑一趟去代他送信哩。』

此後漢登的思潮又沈浸在剛發生的事情上了。想得那麼專注，連小皇帝將寫好的信條交給他時，他都不知道，只下意識的朝口袋裏一擱，口裏說的是：『她裝的倒有多麼的逼眞呀。我想她認識我，我又想她不認識我，很明顯的這兩種念頭在衝突是眞的，究竟是那一種對呢，可眞沒法兒解決。簡單的說：她應該認識我的臉，我的身材，我的聲音呀；她怎麼可以不認識呢？然而她居然說不認識我，那不是個鐵證嗎，她是不會說謊的呀。但且住——我有點知道哪。莫非是黑格先就和她說通，命令她，壓迫她撒慌。那就對了！這個謎就打破了！她像嚇死了的樣子——是的，她一定在他的重壓之下。我一定要找着她；我非尋她出來不可；現在他走開去，她一定會和我說眞話。她應該記得我們從前青梅竹馬時代的往事，她回憶前情，一定會軟了心腸認我，不會再將我認爲陌路生人。她不是忘恩負義的人——她對我一向是忠實的。她從小時就一直愛我的——這就是保障；誰也不能欺弄所愛的人。』

他正挺興奮的向門口大踏步跨去；忽然門在此時開了，走進了埃迪太太。她膚色非常蒼白，但她的步伐穩重，而面容上也是滿佈莊靜典雅之氣。可是她的臉仍和先時一樣傷悲。

漢登一見，喜歡的一蹤而前，但她嚴肅的一舉手，他只好停住。她坐下身來，又叫他也坐。她這種禮數，分明是待陌生人，何嘗是待童時舊伴的行逕？這冷淡，這疏遠，叫漢登自己也分辨不清究竟是不是漢登麻了。埃迪太太說道：

『先生，我是特來警告你。我不能勸一個人取消他的胡思亂想，但總能勸他躲避災害。我想你的亂話在你是眞心的，所以不能將你算爲犯法——可是你別滯留在這兒；因爲這兒很危險。』她又重重的望了他一眼，繼續說道：『因爲你很像我們過去失蹤的人所以你更加一層危險。』

『我的天，但是太太呀，我就是他呀！』

『先生，我確實相信你是那麼想。我不管你說的話是否誠實——我只警告你，那就完了。我的丈夫是這一境的主人翁；他的權威無限，這兒的生民他有生殺自由的權柄。如果你不像你所自居的那人呢，我丈夫或許肯讓含糊過生；不幸你太像了，你相信我，我知道他要怎麼辦；他要當衆宣佈你是個冒名的騙子，而大家也要一口同聲的附和他。』她又向他望了一眼，『如果你眞是漢登麻，他要是知道了全境的人也知道了——哼，你聽眞我的話——你也會遭同樣的危險，你的刑罰也決不會減少；他準會拒絕你否認你，也沒有一人敢給你作辯護。』

『對極了，我相信你的話，』漢登愁苦的答道。『一種能叫一個半生好友都拂袖不認故人的權力可說够大的了。』

那太太聽說不由面孔一紅，垂着眼皮兒直瞧地板，但她又鎭定的說道：『我已經警告過你了，我再告訴你快走罷。這人要毀了你的。他是個不知憐恤的霸王。我是他的奴隸，深深知道這一點。可憐的漢登麻，奧特，以及我的保護人李卻爵士都從他解脫了——最後還有你，我看你還是死了還比在這兒遭他的毒手好點。你的名份有礙他的頭銜和財產你知道嗎；你在他家裏侮辱他——你要留在這兒準是個死。去——別再遲疑了。如果你缺少錢，將這錢袋帶了去，我再賄賂傭人放你過去。哦，聽我的警告吧，可憐的人，得逃命處就逃命罷。』

漢登作個手勢拒絕她的錢袋，卻立起身來站在她面前說道：『只求你一件事，抬起眼皮兒來看一看我。再答我一句。我是漢登麻嗎？』

『不是我，我不認識你。』

『你發誓！』

答案極輕，可是很清楚。

『我發誓。』

『哦，這簡直叫我不能相信！』

『飛逃吧！爲何你就誤你這千金一刻的時候呢？逃吧逃吧！』

便在這時候一班軍士進來，隨卽開始了一場很厲害的戰爭；終於因寡不敵衆的緣故，漢登給拖走了。小王子也抓了一同綁起來送到監牢裏去。

第二十七章　在監獄裏

別的監房都滿了人；因此我們的兩位朋友被解到拘留普通小犯人的大房間去。裏面已有二十來個上脚鐐手銬的犯人，有男有女，有老有少——簡直是汚穢不堪，吵鬧成一團的人羣。小皇帝因着這侮辱的待遇，震怒非常，漢登卻靜穆無語。他眞弄得莫明其妙了。他滿懷高興的他鄉返來，本擬過個合家歡，喫個大團圓的酒席的，誰知所得的只是冷落和監獄。理想與事實相差得如此天高地厚，他眞不知道是哭還是笑。他覺得猶如乘雲至三十三天，忽然給一交跌落在地一樣。

不過紛亂如麻的心思終於漸漸就緒了，他又想到埃廸。他將她前後的行動想了又想，猜了又猜，始終理不出一個滿意的頭緒來。她究竟認識他嗎？——或是她不認識他呢？這一直是個難解的謎，在他心裏疑猜了好半天；最後他還是相信她一定認識他的，不過爲了某種緣故離棄他罷了。他本想指出她名字來咒咀一番以洩氣，可是這一向爲他尊若神明的芳名，竟無法噴上惡毒的話。

裏着監獄裏的汚濁不堪的被單，漢登和小皇帝委委曲曲的過了一夜有的囚犯賄通了獄禁弄一些酒來暢飲結果便是歡唱叫囂甚於打起架來。最後，那時已是深夜，一個人發酒瘋，拚命的用手銬擊打一個婦人的頭，趕獄禁來救已被打得半死。獄禁在這人肩上頭上也是狠狠一擊——這纔停止了狂歡的叫囂；此後，別人方得空安睡，但兩個受傷人的呻吟聲仍然使好多人不能入夢。

在這一星期之內，日裏夜裏都是同樣的無聊和單調，日裏漢登總看見一兩個似曾相識的人來瞧他這個『冒名騙子，』並背棄他侮辱他；而夜裏便又是那一套喧嚷紛亂。直至最後纔來了一點轉變。這一天獄禁帶進了一個老頭兒，和他說：

『那暴徒就在這間屋子裏——看你一雙老眼睛可能認得出他是誰。』

漢登向上望了一眼，不由心中一喜，這自他進獄後還是第一次哩。他自己說道：『這是我們家的黑安那老僕呀——誠直忠耿，好極了的一個人不過那是從前的事了。現在已沒有眞人了；誰都是撒謊掉舌的。這人當然也是和別人一樣的認識我卻否認我罷了。』

老人將屋子裏巡視了一遍，各人的臉都瞅了一眼，終於說：『我看這都是些下流胚子嗎。他在那兒？』

獄禁一笑答道『不在這兒嗎，你看這大畜生，看是不是他？』

老人走近將漢登上上下下瞧一個淸，卻搖搖頭說：『見鬼，這怎麼是漢登——不是不是！』

『好哇！老眼睛還中用哩。假如我是黑格爵士呀，我要將這棍徒——』獄禁說着將腳尖點起作個絞的姿勢，又在喉嚨咕嘟一聲表明咽氣。老人也似乎懷恨似的說道：

『他能那樣死就算上帝保佑他了。假使讓我來處置他，我準拿細火慢慢將他炙死，否則我不是人！』

獄禁打個大哈哈，說道：『老頭兒，消遣他一會兒罷，別人都是的。你一定會覺得怪開心的。』說完他轉回他的前屋去了。老人等他一轉背便頓時雙膝跪倒，附耳說道：『謝天謝地，你又回來了，我的小主人！我這七年來一直以爲你死了哩，誰知你還在人間！我一看見就認出是你了；可是當着人我不能不勉強裝着當你是強盜的一流。爵士，我現在是又貧又老的一個人了；但你說一個字，我就去證明，便是絞殺亦在所不鬆了。』

漢登連忙說道『不行，你無論如何行不得。這衹不過是毀了你，而與事還是無補。但是我感激你，經你這麼一來，我的自信心纔恢復一點兒了。』

此後這老傭人竟對漢登和小皇帝都變得非常有用起來；他一天總有好幾次來『消遣』漢登；不但時常偸點食物進來，更報告一些最近的消息。漢登將偸來的食物都存着給小皇帝喫，否則他眞別想活了，因為獄禁給預備的牢飯簡直沒法兒下咽。黑安每次進來總不敢多逗留，唯恐引起他人疑心；在裏面總是大聲辱罵漢登，給別人看樣，覷空便小聲報告一切重要消息。

如此，家庭裏的內幕一點一點的揭露出來了。老僕說奧特死了已經六年了。這一個慘變，加上漢登失蹤的消息，老父便一病不支了；他相信活不長久了，便想在他過世以前先將黑格和埃迪成起家來；但埃迪苦苦哀求展期，希望漢登的返來；誰知接着就是漢登的死信，於是老父更加是病入膏肓了，於是他同黑格雙雙的堅持要埃迪結婚；埃迪先求緩期一月，再又是一月，再又是一月，終於捱不過在老爵士的壽榥上行了婚禮。但婚後情形不見得快活。不久就要謠言傳出來說新娘婚後不久便在她丈夫的文件中發現報告漢登死信的草稿，還有其他假造的文件都是有關他們婚姻及老爵士的死的。此後又傳出黑格多少虐待埃迪及傭奴僕的故事；自他父親老爵士死後，他一切和善的假面具都一概取消，對他屬下以及仰賴於他的人簡直變成一兇惡殘忍的暴君。

談完家又談國，這一次卻引起小皇帝莫大的興趣。老僕說：『有謠言說當今皇上瘋了哩。但你可莫聲張是我說的呀，知道嗎，提一提就是死罪。』

小皇帝看了老人一眼說道：『好人，皇帝並沒有瘋哩——你若留心一留心眼面前的事，別管那無稽之談還要好多着哩。』

『這孩子甚麼意思呀？』黑安對於那一隅裏忽然而發的訓令有點驚異。漢登對他使個眼色，因此他理也不理又接下去講道：

『聽說前皇擇於本月十六奉安，葬於運色（Windsor）新王便在二十日在威明斯特教堂行加冕禮』

『我想他們應該先尋出新王纔對，』我們的陛下又在囈咕；忽然十分自信的說道，『但他們必定在盼望着了，——所以我也是。』

『乖乖龍——』

但老人沒說下去，漢登一個眼色阻止了他。他又理起線索接下去道：『黑格爵士也去參加冕典禮哩——他抱着很大的希望去。他十分想升官作個貴族，因爲他很得攝政公的寵信哩。』

『攝政公又是誰呀？』小皇帝問。

『就是黑特福公爵呀。』

小皇帝忽然嚴厲的問，『打多早晚他又變成公爵又變成攝政公哪？』

『正月三十一呀？』

『誰封他的呀；』

『他自己和大國會——皇帝也幫了忙。』

我們的陛下更嚇壞了。他叫起來，『皇帝是甚麼皇帝呀，請問？』

『甚麼皇帝，眞眞！（菩薩有眼，這孩子怎麼哪？）幸虧我們只有一個皇帝還容易回答——就是上天保佑的愛德華第六！他是個可愛的小頑童哩——不管瘋不瘋——他們都說他一天一天好了——對他的頌讚眞是有口皆碑，大家都禱祝着願他長主英倫；據說他現在已開始大行王道哪，先救了老福克伯爵的性命，如今又要修改害人的律法哩。』

這一番話聽得我們的陛下目瞪口呆，再也聽不見以下老頭兒又說了些甚麼。他懷疑是所說的『頑童』是否就是與他換衣的小叫化。他一想又似乎不可能，明明他的言語禮數都冒充不了威爾斯王子的——他們準會將他趕出去，然後搜尋眞王子纔對。是否朝內大臣公推了一個甚麼貴族就此擁上寶位了呢？也不對，第一他的舅舅就不能答應——朝內數他第一有權，自然他不能讓這種事發生。可憐小皇帝不想也罷了，愈想倒愈糊塗起來，頭也痛了，覺也睡不着了。他想回倫敦的心，幾乎急如心火，因此對於這拘禁更覺不能忍受。

漢登無論想盡甚麼方法使小皇帝安寧都不成功，只有幾個鎖着鐵鍊坐在他旁邊的婦人還略為給他一點安慰。經她們一陣輕柔的撫慰，他纔勉強捺下不耐煩的燥急，安靜了一點。因此他對那幾個婦人非常感激，因謝生愛，結果倒弄得很熟悉了。他因問她們何故也關在獄裏，她們說因為是浸禮會的教徒，他倒笑了，問道：

『浸禮會教徒也能算一個罪名將你們拘監嗎？啊喲，我很難過，我想他們決不會爲這一點兒小事將你們關得太長久的，豈不是我們就要分開了嗎？』

她們並不置答；但她們臉上的一種表情叫小皇帝深覺不安，因懇切的又問道：『你們爲何不答我——請你們告訴我——除此沒有別的刑罰了罷？你們告訴我沒有甚麼可怕罷。』

她們只試着打叉講別的題目，小皇帝更加害怕，又追着問：『他們會鞭笞你們嗎？不，不，他們決不會如此的殘忍。說他們一定不會的。來，他們不會的，是嗎？』

婦人們悲哀到一團，又不能不答，有一個便咽聲說道：『哦，你叫我們心都碎了，你慈柔的小心腸呀！上帝助我們忍受這——』

『啊，你承認哪！』小皇帝插進來。『那麼他們一定是要鞭笞你們的，囉，這些鐵石心腸的惡鬼！可是，你們別哭吧，我簡直不能受哪。鼓起你們的勇氣罷，待我一朝返位時一定要拯救你們的，你們放心好了！』

等小皇帝第二日早晨醒時，幾個婦人都走了。他不由快活的喊『她們釋放了！』總而又悲哀的說，『可是我倒霉了，此後誰再給我慰安？』

那幾個婦人每人都留下一節緞帶掛在小皇帝的衣襟上作爲紀念。他說他一定要妥爲保存，等返位時尋出這些好朋友來予以保護。

剛在此時，獄禁帶了一些衙役來命令着將囚犯一律押到大院裏去。小皇帝不由大喜過望——他想再見見青天，吸一吸清氣是多麼美的事呀。可是對於吏役們辦事的遲緩曲折，又叫他怪生氣，最後纔與漢登一路放出來。

所謂的大院是個四方形遍地鋪以大石板的庭院，上面透着青天。囚犯們瑯璫的由一座石刻的拱形門內走進來，隨卽叫背着牆齊齊站好，前面還攔了一根粗麻繩，兩旁還有獄吏看守。這是個冷氣颯颯的淸晨，隔夜的雪花罩白了一地，更增加了一片凄涼。不時一陣北風掃過，雪花也跟着飛飛。

庭院的中心立着兩個女人，雙雙都綁在柱頭上。祇一瞥皇帝已知道那就是他的好朋友。他一顫抖自語道：『啊喲，我以爲她們自由了哩，誰知並未。再一想這些殘忍的事竟發生在英國——

在基督教的英國她們要挨打了；而我，曾經一度受過她們安慰善待過的，卻得眼睜睜的看她們受刑一籌莫展；眞太奇怪了，太奇怪了！以我貴爲全國天子，對於兩個婦人竟至拯救不得。好罷，讓他們多行不義，看我運轉時再給他們顏色。現在作惡，將來一百倍的報復。』

此時一扇大門霍然開啓，擁進許多人來。他們一擁至婦人身邊，頓時遮住了皇帝的視線。一個牧師也跟着走進來，擠過人羣也不見了。如今小皇帝只聽見談話的聲音，似乎有問有答，可是聽不懂是回甚麼事。此後便一陣鬧烘烘的忙亂，獄吏過來過去的走個不停；最後都變成一片死靜，衆人鴉雀無聲的站着。

接着一聲令下，衆人分開向兩旁退立，於是小皇帝見了一幅觸目驚心的慘狀。婦人腳下正堆起高高的柴堆，一個人正跪着燃火！這時那兩個婦人都以手蒙臉；身下的木柴已畢剝畢剝的燒起來，不時一陣青煙上騰；牧師正開始作個禱告——忽於此時大門外衝進兩個少年女郎直奔縛在柱上的婦人，一路尖聲銳叫着，慘不忍聞。但立刻她們就被獄吏拖開了，但一個卻縱脫身又一度抱上婦人的頸子聲言願與她母親一同燒死。獄吏又趕來用強將她拖下，衣服已經燒着了。兩三個人把按着她，並代她滅熄衣服上的火，但她卻不住的想投到火裏去，她說寧可與母親燒死不情願在世界獨過淒涼生活。於是兩個女孩兒不斷的哀號慘泣，掙扎自由。但忽然之間這一切嚷鬧都為一聲慘絕人寰的悲叫蓋下去了。小皇帝將目光向柱上一看，立刻回過頭來不敢再張望。他說道：『我這一刹那所看見的將永遠不能忘記；日裏忘不了，夜裏做夢也不會消逝，大概一直要到我死了纔罷。唉，上帝怎麼不叫我做個瞎子！』

漢登一直是注意着小皇帝的。他滿意的和自己說道：『他神經返常哪；他改變輕柔一點哪。假使在從前，他要看見這些事，不知要氣出甚麼樣子來哩，必定又說他是皇帝，準得又命令鬆婦人的綁甚麼的，如此看來他那些幻想不久就會忘記，復返常態哪。上帝保佑罷！』

同一日獄裏又從各處解遞了許多囚犯來過夜，預備翌日行刑法的。小皇帝又和他們談話——他決定作賢明天子親自問民疾苦，——結果聽了囚犯的罪史覺得非常心痛。一個是女人偷了人家一兩尺布，罪狀是絞死。另一個是說他偷了人家的馬，他本提證據來否認，他以為可以逃過一絞的，不知後來人又指他殺死御園裏的一隻鹿，因此他還得向絞架的路上走。除此還有一個學生意的小學徒的案情更加叫小皇帝傷心；原來這小徒弟發現他人的一頭逃鷹，便捉着回家；不想法庭硬判決他是偸竊判決死罪。

小皇帝見這些慘無人道的不法事件，天威震怒，他一定要漢登打開監牢同逃至威斯明斯特去登上寶座，大行仁政並救這班無辜人的性命。『可憐的孩子，』漢登嘆道：『這些慘事又叫他神經失常哪——不過不要緊，這慢慢就會好的。』

在這夥囚犯之中還有一個老律師——是個有強壯面孔和剛毅不屈風采的人。三年前他曾經寫過文章彈劾當朝宰相的不公，於是判罰帶枷示衆逐出律師公會，罰鍰三千金鎊，又是無期徒刑。最近他又重申前議；結果割去雙耳，再罰鍰五千金鎊，雙頰刺花，仍然是終身監禁。

『這都是榮譽的疤痕。』他說着抹起灰色頭髮將過去的耳根削痕給小皇帝看。

小皇帝滿眼冒火，激動的說道：『沒有人肯相信我——你也不見得例外。但沒關係——一月之內你可以得自由；而且那種侮辱你且有傷英國會名的法律也要從此取消，整個世界都錯誤了，皇帝也該開始學習以仁治天下了。』

第二十八章　犧牲

漢登對於不聞不問的無名監禁覺得不耐煩起來了。幸虧此時開堂會審，他覺得一歡喜，盼望開釋可以了事哪。但結果大失所望。他被判決爲『強項的暴徒』帶枷兩小時，懸牌示衆。至於假冒爲漢登堂的主人認兄一節情事，一概不提，好似不值得一問一般。他聽畢判決，氣得發昏章第十一，一路罵怒不已，但一般獄吏卻對他更兇，押着他前去受刑，遇有抗命時節便拳足交加。

小皇帝因爲穿不過如林的人羣，只好緩緩跟在他朋友後面。他也幾乎因爲交結匪人定罪，但姑念年幼從寬發落，只教訓一頓便開釋了。他跟着跟着，走到一處，大隊人停下來了，他左鑽右鑽的想法兒進去，最後鑽研了半天方擠進去了。及至裏面一看，則見他的忠臣帶着枷正給一羣下流鄙人淩辱嘲弄。愛德華也聽見了所宣佈的罪狀，但他倒有大半不曾懂得。他看見這一切不覺又復怒氣塡膺；及至見一個雞蛋由半空飛來落在漢登頰上而衆人大聲喝采時更加如火上加油般的狂怒起來。他自人羣中一跳而出，奔至獄吏旁邊叫道：

『你怎麼敢這是我的臣僕——放他自由我是——』

『哦，別響！』漢登連忙小聲說，『你會害了你自己的。哦老爺，你別理他，他是瘋子。』

『兄弟，你別煩心我理不理他哪，我纔沒有那種心事哩；至於教訓教訓他，我倒有點兒意思。』

獄吏轉身和個衙役說道，『將那小呆子抽一兩鞭，改改他的態度。』

『打他六鞭正好，』黑格提議，他剛騎馬趕來。於是衆人七手八腳的捉起小皇帝。他連掙扎也沒有，鞭打天子聖體的念頭使他已怒不可遏。歷史上已有一頁君皇挨鞭笞的醜史，如今他不幸還要塡滿第二頁。他眞是處於進退維谷的局面，如今又沒人來救他；他既不能受刑又不能求饒。怎麼辦呢，眞是難極，他寧可還是捱鞭子——皇帝挨鞭尙有前例，求饒卻是不可的。幸而此時漢登來解了圍。他說，『你們這班沒有良心的狗子，讓這孩子去罷，你們難道沒看見他是多麼瘦小嗎？讓他去，鞭子我來承當好了。』

『不錯，好主意——多謝，』黑格爵士很滿意的說。『讓那小叫化滾罷，給他扎扎實實的十二鞭，越重越好。』小皇帝正要起身反抗，黑格爵士又大聲道：『好罷，你要說話儘管說——但，你多說一個字多打他六下就是了，你儘管說吧。』

漢登其時已剩下衣服露出脊背來；小皇帝見鞭子一下一下抽上去時不由轉過臉去讓眼淚不住的留下雙頰。他自己說道：『啊，勇敢的好人呀，這種忠誠的表現我永遠不能忘記。我不忘記——哼，他們打的人也不能够忘記！』他想着想着，不由感激到萬分。最後他又說道：『是他救了王子的命，更加免去了王子的醜，眞該受厚賞！』

漢登挨鞭子時一聲也不響，只咬着牙表現了軍人的氣魄。這種勇氣，這種義氣便是一羣下流的民衆也不由點頭讚嘆，四面靜悄悄的只有鞭聲。待漢登又復上枷時，週遭的靜穆便完全與先時相反了。小皇帝輕輕走過漢登身邊來附耳道：『天子也不能叫你的靈魂更高尙偉大了，因爲上帝已經賜給你了，但是皇帝可以將人間的爵位賜給你。』說着他拾起地上的鞭子輕輕在漢登流血的肩頭上碰一下說道：『英王愛德華封你作伯爵！』

漢登深深的受了感動。兩眼的淚像潮水般的湧了下來，但他正在如此難堪的情形之下，縱有可樂之處亦不敢暢然表示出來。試想一個帶枷的階下囚忽而升至三十三天封爲伯爵，似乎對他再覺奇怪也沒有了。他自言自語道：『那我可眞美很了！從一個虛無國的爵士又一升而爲伯爵了！——未免太荒唐了罷！這樣下去，我總有一日要掛起來給人當把戲看哩；但我得尊重這一切，雖是虛無渺茫，可是是出於愛心的，總比眞而得之於鑽營運動的好得多。』

那可怕的黑格爵士便縱馬回府，兩邊的人牆立刻退開讓道，轉眼又復合攏。此後，旣無人敢上前去和囚犯通一句話，也無人敢致寒暄；但一切侮辱已無條件的取消了。最後來個人，大約他沒見到以上的情形，所以向『冒名騙子』故意打個噴嚏，還想作別種無禮的舉動立刻就被衆人一嚮也不嚮拳足交加的打出去了，此後全場又是一陣靜默。

第二十九章　到倫敦去

等漢登坐完兩小時的枷後，便將他釋放了，並逐他出境，永不許再來。他的寶劍，驢子騾子都一概還了他。他騎上牲口加上一鞭就此離了漢登堂，小皇帝也跟在後面，羣衆默默的讓開一條路，敬禮有加，等他們走後，衆人也都散了。

漢登不久就深深思索起來。當前的大問題是他應該幹甚麼呢？他該上那兒去呢？似乎應該找個大好老幫幫忙纔對，不但恢復家產頭銜要緊，更該洗脫假冒的惡名。但這強有力的大好老卻打那兒去尋呢？的確，到那兒去尋這麼一個人呢？那眞是個關鍵問題。他左思右想，實在無計可施，最後想起一法，然而明知無濟於事也是聊勝於無了。原來他憶起老僕黑安所說，今王如何如何的好，如何如何的同情於不幸的人。幹嗎不竟叩天闕求伸寃呢？不過，像他這麼一個瘋瘋顚顚的窮叫化也能見到天顏嗎？不管——水到自然成，一切到時候再說。他本是久慣沙場的戰士，經歷過不知多少百驚千怪的；這區區問題當然也難不了他。是的，他要直叩首都。或許他父親的老朋友馬祿爵士，前王的御司馬，或天祿寺的甚麼的，——漢登也記不清了——可以幫幫忙。想到有點眉目，他心頭一寬，不覺擡起頭來一瞧。不瞧猶可，瞧後不由一驚。原來他不知覺間已走下很長的一段路程村莊已遙遙的撇在身後了。再看小皇帝也是低着頭蹭蹬前進哩，原來他也是滿腹心事。見了他這付模樣，漢登又是一愁，那孩子肯和他一同再回到那少情寡義的倫敦城去嗎？但問題總歸是要問的，於是漢登一揚鞭，高聲問道：『我忘記問我們該上那兒去哪？吾皇的意旨如何？』

『倫敦去！』

漢登一聽非常滿意，但又覺得很驚奇。於是二人朝行夜宿，直向倫敦行去。一路無甚大事，但行程終了時卻有一小事，值得一記。是個二月十九日的晚上十點鐘，他們又一度的踏上了倫敦橋；千萬火炬的照耀之下，無數人的面孔都是快樂飛揚的，只見行人熙來攘往的好不熱鬧，——在那時候橋旁的一個甚麼故公爵或大人物的像頭恰跌落了下來，給漢登的胳臂碰了一下，轉瞬都給行人的腳踏碎了。這種世界是多麼不固定呀！——前王剛死了不過三星期，葬後不過三日，而他辛辛苦苦爲大橋所搜集的裝飾品竟破壞無餘了。這時有個人恰巧給那破頭滑了一交，他自己的頭不由向前一衝，恰衝到另一人的背心上面去，那人回過身來就給他一拳一腳，轉瞬他又給第一人的朋友打翻在地了。原來那正是自由打架的好時候，因爲明日就是加冕大日，正是慶宴開始的當兒；各人都是暢飲無忌的；因此不到五分鐘，這場戰鬬已佔據了一大塊地方；十分鐘後，已圍滿了一畝地的羣衆，喧鬧成一片。這時漢登和小皇帝不幸一擠便分開了，我們且擱下他們再說。

第三十章　湯姆的進步

當眞皇帝和流氓叫化東飄西流，受苦受難，給人寃賴爲傻瓜騙子，又關監坐牢時，假皇帝康梯湯姆卻嘗了另一種不同的經驗。

上次我們看見他時，合朝正對他希望日強起來。此後更是一天比一天的進步，不用說大家都喜慶交加。他也不再害怕了；不再失禮了，各事進退都合節。他利用了鞭人童作消息，各事順利。他想談笑的時候召以利沙伯公主及桂琪恩郡主來宮談笑一會，完後便令之去，輕便自由，並無一點拘束。便是分別時，無論任何大人物在他手上行親吻禮，他也安之若素了。

他很高興的享受在晚上被人卸裝就寢，及早晨在森嚴的禮教下穿衣。他更進而爲驕傲，由整齊光亮的官吏及御林軍陪着走進飯廳。他喜歡聽那走甬道裏的喇叭聲，及喝道的人喊『皇帝駕到！』

他甚至學得喜歡坐在寶座上，出席國會，有時也發表言論。他喜歡接見外國大使及他們漂亮的侍從，他也喜歡聽他們口中所代表各國的親善言詞。哦，快樂的康梯湯姆，昔日垃圾場的叫化！

他享受着一套一套的漂亮衣裳，還不住叫添製他嫌四百個傭僕還太少，不够擺場，又叫加了三倍。廷臣的阿諛漸漸變成他所愛聽的音樂。他仍然是仁慈和柔，但仍是一切被壓迫者的強有力的奮鬬者，更不斷的反對不合理的法律，有時力爭眞理時他也不惜和貴族公侯翻臉，他的目光常能使他們顫抖。有一次，他的姊姊，出名的聖人瑪利公主，名正而言順的指責他不該將許多應該監禁，或絞，或焚的囚犯赦免，他因而想起他父親曾經最高關過六千人定罪的人在監牢裏，更將七萬二千的小偸強盜甚麼的定了死罪，他不由怒氣塡膺，便命令他姊姊回到靜室去求上帝移去他心頭的硬石，換上一顆肉做的人心。

難道湯姆毫不關心那待他好極，爲他報復在宮門口所受侮辱的，一去而不返的王子嗎？是的；他作皇帝第一天第一夜的思想裏完全是記掛着失去的王子，誠心誠意的希望他回來返位，恢復一切榮華富貴。但日子一過久之後，王子的音信全無，湯姆一心又迷戀於新的經驗上，慢慢的他幾乎將王子忘懷了；最後，便有時心血來潮時，他也只覺得不歡，因爲一想起王子他不免就感覺慚愧和內疚。

同樣的，湯姆將他的媽媽和姐姐也都給忘記了。起先，他想她們，爲她們傷心，急切的要和她們相見；但以後，一想到一旦他們鶉衣百結的來見他，當着人就抱着他親吻，然後再將他拖下寶座向人間地獄裏推，他就要渾身顫抖。最後這一切都不再在他思潮裏作祟了。他滿意得很，甚至於是快樂；便有時想起，也不再以爲然了。

二月十九日的午夜，康梯湯姆已經在宮內富麗的寢榻上安然入睡，旁邊守衛着忠耿的侍臣和皇族，他全全是個快樂的孩子；因爲明日便是他加冕受命爲英王的大典之日。同時，愛德華，那眞皇帝，卻是又饑又餓，滿身塵土，疲極倦極，敝衣破裳的正挾在人羣裏掙扎前進，那滿街的人都懷着極大的興趣，注視着千百個忙如羣蟻的工人們在威斯明斯特的大教堂裏進進出出，作明日加冕大典時最後的準備哩。

第三十一章　御駕出巡

第二日康梯湯姆一醒來時只聽見遍地都是隆隆的響聲；喜氣盈盈。他像聽着音樂一般的感覺，他知道那是整個英國的愛國精神表現，以慶祝他的加冕大典的。這一天依照英國古風俗，例有一個所謂的『御駕出巡』，是從倫敦堡起始經泰晤斯河遊行倫敦城一週，當然湯姆又一次作了賽會中的主角。

當他到了那兒的時候，古老堡壘的兩旁似乎忽然分裂而爲千百塊隙縫，而隙縫中便跳出血紅如舌的火焰和濃沫的白煙，跟着就是一聲震耳欲聾的霹靂，這一下不但掩蓋了羣衆的歡呼更將大地也震得顫動起來。如此礮聲不斷，煙霧不散，不久便將倫敦堡完全罩沒在濃霧之中，只剩下最高處的白色國旗兀自臨風招展。

康梯湯姆盛裝艷服，騎一匹千里駿馬，馬身上也是富麗堂皇的裝飾起來；『國舅』攝政公也是同樣的騎着高頭馬相隨在後；武裝的御林軍分兩旁隨侍在側；在攝政公之後的是各式貴族及他們的扈從；後面又是市長老爺及其部下都一律穿着紅袍，胸懸金鍊；此後便是各種長官及各種公會，皆攜有各異的旗幟。除此在遊行中還有一節特別隊叫作『古而可敬的大礮隊』——是一個已有三百年歷史的一種組織，全英國的軍事機關只有他們不直接聽命於國會。這一隊浩浩蕩蕩人馬着實可觀，兩旁如山似海的人衆，不斷的歡呼。史家記載說：『君皇進城時臣民羣致禱祝，歡迎，歡呼，柔詞及其他足表現臣民愛其君王者之行動；吾皇對遠立者則點首示意，對較近之人則致溫馨之謝詞，表示御意之誠正不亞於衆民。凡祝君者，彼必報之以一謝。或言『上帝賜福』或言『朕全心致謝』臣民聞諭又復三呼不已。

在法國街上，有一個麗裝盛服的小孩立在戲臺上歡迎進城的君皇。他歡迎詞的最後一段是：

哦，歡迎吾皇，中心樂難言；
歡迎，歡迎，口舌表不全——
快樂唱歡迎，衷誠表歡迎，

上帝佑你，福壽無邊。

至此衆人又是一陣快樂的歡呼，嘴裏重複着小孩的唱詞。康梯湯姆眼望着這潮水似的人山人海，不由心中大樂；一刹那間覺得人生天地間最值得做的一件事便是做一個皇帝及一國崇拜的偶像。忽然之間他從人羣之中瞥見幾個從前垃圾場的老伴侶——一個是他們玩假朝廷時的大都督，一個是寢宮第一大臣；他一見不由又長了幾分驕焰。哦，假使他們能認出他有多好！假使他們認出一個垃圾場的假君王一變而爲眞國君前呼後擁的是公爵是王子，全英國都在腳下，那是多麼說不出的榮譽！但他爲着一切緣故不敢聲張，只掉過頭去，讓那兩個傻瓜仍然拚命歡呼他的去。

不一時就聽見迸出的叫聲『賞賞！』便見湯姆拿出一把雪亮的新錢撒出去，衆人便爭着去拾。

史家又說：『市民於報恩寺街之端，鷹像之前豎立一華麗之拱形門，其下爲一戲台，接聯街之兩端。臺上表演今皇之先祖，一爲端坐於白玫瑰花中之約克族之以利沙伯，其旁爲紅玫瑰中之亨利第七；彼等兩手互挽，結婚戒指璨然在目。由紅白玫瑰中產生一莖直達戲台之二層其上亨利第八在焉，及新王之母后。另有一枝又上達第三層，其中則爲新王愛德華第六端坐於寶座之上；全台純以紅白玫瑰點綴而成。』

這麽一個奇異而動人的西洋景，不用說增加了民衆無限的喜樂因此更加狂呼歡叫起來，可憐那立在戲臺上致臺詞的小童的聲音簡直整個的被壓下去了。但是康梯湯姆對於這一點卻絲毫不在乎；他以爲小童的臺詞，——不管其內容如何——總不及大聲歡叫來得更加甜蜜悅耳。每一次湯姆轉動他的小嫩面孔，大家都認出那白裏透紅的御容，於是又一陣春雷也似的歡呼。

大出巡便如此逐漸的前進，一門又一門的，又經過不斷的化裝表演，各處都象徵着小皇帝的德性，智能甚麽的不一而足。『家家戶戶的窗口上曬臺上都飄着旗幟，滿街都鋪着地氈，繡氈等，富貴難言。一街如此，十街如此。』

康梯湯姆自言自語的說道：『這一切千奇百怪都爲的是歡迎我——我呀！』

假皇帝的雙頰興奮得火紅，雙目亮晶晶的，全身的神經都震動着喜樂。在這個當兒他剛想舉起手來撒錢，忽的人羣中第二排的一個蒼白，正伸得遠遠向他驚異注視的臉蛋引起了他的注意。陡然他渾身一陣不舒服，他認出那是他的媽媽！一刹那間，他不由將手在眼睛前一伸，手掌向外——一個生而俱來的老姿態——向他母親打了一個招呼。轉眼之間她已衝出人羣直奔至他身邊。她抱着他的腿連連親吻呼道：『哦，我的孩子，我的親親！』將一張滿了喜樂和深愛的臉就湊了上來。同時御林軍的一個武士已一把捉牢她就此向後面死命的一推。此時，『婦人，我不認識你！』的話也從康梯湯姆的嘴裏說了出來，但他見他媽媽如此給人侮辱卻痛心到極點；而當他媽媽被人羣吞沒時送來的最後一瞥，是那麽悲哀心碎的，一種內疚的慚愧不由將他的滿懷驕焰一變而爲灰燼，一切榮華富貴都如碎片似的點點離他而去。

巡行依然的前進着，依然是到處偉大，依然是各地歡迎；但一切的一切，康梯湯姆都似不聞不覩。皇家富貴已失去了牠的甜蜜性；排場只是受罪。他滿心只有愧悔。他說：『巴不得上帝賜我自由罷！』他又像第一天作皇帝時的心情了。但耀眼欲明的大巡幸仍然像一條蜿蜒的長蛇一般在古老的倫敦城內大街小巷的穿行不已；但皇帝卻一直低着頭，瞪着眼，只看見他媽媽的臉及臨別時傷心的一瞥。

『賞賞』雖然不斷的有人喊，可是他聽不見。

『英王愛德華萬歲！』叫得像春雷似的連地都震動了，但皇帝似乎沒聽見也沒反應。祇好像是遠地的雷聲，他聽而不聞，他所聽見的只有自己纔說的一句可鄙的話，『婦人，我不認識你！』這句話直搗他靈魂的深處，好似一個負心的人聽見他朋友的喪鐘時的心情一樣。

每一次轉角時又有新的光榮，新的奇觀出現，恭候着的羣衆都如奔流似的迸出蓄之已久的歡呼；但皇帝卻不聞不見，一心只記掛着適纔的大錯。不久羣衆的快樂臉蛋不由改變了一點，表情中，歡呼中都表現出衆人的不安和興奮。攝政公何等眼快，當然立刻注意到這一點。於是他一縱鞭和小皇帝並肩行着，彎下腰來說道：『吾皇，如今可不是默想的時候呀。羣衆已注意了陛下低着的頭，罩滿愁雲的臉了，他們要取個吉兆的呀。請聽微臣的勸，快擡起頭來向大家笑罷。』

說着他撒了一把錢又退回自己的地方去。假皇帝果然機械的照了他的話實行。但他笑可沒有心在上面，但多數人自然也瞧不淸。但見他那羽毛大帽下的臉蛋是滿了温文和感激；撒的錢又多又爽手，因此大家疑慮全消，又照樣的歡呼了下去。

但不久，在巡行未畢之前，公爵又不得不再一次跑到皇帝身邊去附耳道：『哦，要人命的天皇！振作一點兒罷；全世界的眼睛都在看着你哩。』他又煩惱的加一句道：『早該捉到那瘋婆子！就是他騷擾了陛下！』

誰知皇帝卻轉過他無光的雙目，死聲答道：『她是我媽媽！』

『我的上帝！』攝政公呻吟着縱馬回位，『這怎麼好，他又瘋了！』

第三十二章　加冕日

且說加冕日這一天早晨剛四點鐘的光景，威斯明斯特大教堂的熱鬧已就不用說了。雖然還是夜裏，可是火炬照耀的各個包廂裏都已滿坑滿谷的是人了，他們很甘心的等上七八點鐘，以一覩平生難得見兩次的大典——爲皇帝加冕。不假，倫敦和威斯明斯特從夜裏三點鐘放警礮時起已經熱鬧成一片了，一班有錢的大好老們都購有優先權可在包廂内尋坐位，因此在入門處川流不息的先就是他們。

時候一分一分的過去。包廂裏都滿了看客，喧嚷也停了一會子了。隱約的光亮之下，可以見到幾處包廂和露臺中擠滿了看客，另一部分便被大柱甚麼的切斷視線了。只有北首一大間兀自空着，那是留給英國特殊階級的。除此又可以看見中間的高臺，厚厚的鋪着富麗的地氈，上面擱着寶座。由臺底升起四層階級方達寶座。寶座中間安置了一塊粗而平的蘇格蘭石——那是數百年來蘇格蘭帝皇用以坐了加冕的，所以英國亦沿用牠。寶座和腳凳之上都覆金線織成的氈布。

四面靜悄悄的，火炬不明，時候慢慢的走着。好容易一線曙光進來，火炬便立刻熄滅了，頓時滿屋都充佈了和柔的陽光。此時這高貴建築的內容略爲可以看得清楚一點了，但仍是輕柔的如同夢寐似的和成一片，因爲太陽仍藏在薄雲裏面哩。

到了七點鐘，單調的寂寥中纔來了第一點新花樣；原來此時進來了第一位貴族夫人，她渾身麗裝豔服，由一個身穿絨緞的官吏領了進來，另有一人便在後面捧住貴婦人的長裙，待她坐定之後，又將裙代她理好。於是他又爲她挪好腳櫈，再將珠冠擱在她手及得到的地方以便到時好用。

此後貴婦人便川流不息的進來了，那班官吏們便東奔西跑的安置他們就座，使他們舒適，忙得個不亦樂乎。處處都是生動的，閃耀着不同的顏色。過一會子，全場又安靜下來，因爲貴婦人也全到了，也全坐好了——花枝招展，帖然不動，五色繽紛，竟像一個滿了花朵兒的人花園；加着金閃玉耀，又像是一條以鑽石點綴成的天河。這兒有老少不等的年紀：有的已是膚黃髮白，皺痕滿面的老太太，他們還能回憶到李卻第三世加冕時的盛況，以及那些被人遺忘的困苦時日；除此還有中等年紀的半老徐娘；溫文而可愛的少婦；以及年輕而貌美的少女，他們飛揚活潑滿了興奮，破題兒第一遭見世面說不定珠冠戴錯了也沒準。但也許不會，因爲他們的頭髮都有一定的梳法的。

剛纔說過這班貴族夫人如何遍身的瓚色金光，美麗動人，不道還有驚人的在後頭哩。約當九點鐘時，薄雲已散，陽光滿室，照得每一個太太小姐的綾綢珠玉，像耀眼的火花，叫看的人只覺得像觸電般的驚奇和讚賞。最後走來了一位東方國家的公使隨着一班外交人員，經過陽光之下，更不由叫人嘖嘖稱羨。原來他一身都綴以寶石奇珍，每一行動，渾身就像萬點金星似的閃灼不已。

讓我們來長話短說罷。時候過去了——一點——兩點——兩個半點鐘；最後一聲大礮響告訴人說時候到了，於是等候着的羣衆一陣大喜。但大家知道皇帝整裝還得有一會兒，幸虧此時衣冠整齊的貴族們魚貫而入，看着還不寂寞。他們都有人引着到自己的坐位上去，冠帽擱好在手邊；同時包廂裏的看客也滿了興趣，因爲這班世襲已有五百年歷史的公爵侯爵伯爵等大半還是第一次露面哩。等一齊都入席以後，全場的景色也就完成了；是華貴好看而且值得記念的一幕。

如今道服儼然教堂的大人物等也先後與他們的扈從在中間高臺上的固定座位上坐定了；

此後便是攝政公和其他大員也到了，最後又殿以全身戎裝的禁衞軍。

這時稍爲等候了一會突然在一個記號之下音樂大作，那穿金線長袍的康梯湯姆便在門口出現了，然後一步一步跨上高臺。羣衆都肅然起立，典禮於是開始了。

先是一片高貴的頌讚歌，刷過全教堂，和以富麗的音波，於是在司儀的領導和歡迎中康梯湯姆被引登寶座之上。在萬目睽視之下，那古老的典禮便一步一步的完成了，可是康梯湯姆卻臉色愈過愈蒼白，滿腹傷心，卻說不出。

最後的一幕也到了。康特拜月的大主教擧着皇冠正要向假皇帝頭上放下。同時貴族席裏也像一陣流星似的，各人捧起冠帽來，正待放下。

全堂都是鴉雀無聲的在這嚴重的一剎那，大家都是那麼心神凝注的，因此走進來一個人竟無一人注意，直至走到中間的過道上纔給人發現。原來此時來了一個光頭跣足破衣百結的男孩。他嚴厲的擧起手來，高聲警告道：『我禁止你以英國的王冠加在那假冒的頭上。我纔是皇帝！』

轉眼之間，已有數人怒氣勃勃的加手於這男孩；但同時康梯湯姆卻搶着跨前一步，也叫道：

『快鬆手！他是皇帝！』

一種痛苦的驚異頓時掠過整個的會場，有的人擡起身來彼此驚異的望着中間的新來客，好像在奇怪是做夢還是清醒一樣。攝政公也是和其餘的人一樣震驚，不過他很快就鎮定了自己，厲聲喝道：『別理我們陛下的話，他的瘋病又發作了——抓下那個小野種！』

別人正要上前抓，但假皇帝頓足高叫道：『該死的！別碰他，他是皇帝呀！』

手是縮回去了；全場的人也是癱了一般，沒人敢動；沒人說話，的確，在這種局面之下，誰也不知道應該如何對付。當萬千人的心尚在猶疑不定的時候，那孩子卻仍然一股子自信的態度直向高臺走去，而假皇帝也是滿臉高興的迎接他，並雙膝跪倒說道：『哦，我主我皇，讓卑賤的康梯湯姆先向吾君誓矢忠誠，』並說『請吾皇加冕重返寶座！』

攝政公先板着面孔向新來客端視，但立刻他換去嚴厲的顏色，卻表現了一臉的驚異。同時別的大員們也有同樣的表情。他們互相看了一眼，不約而同的又同退後了一步。各人心裏的念頭都是：『怎麼如此的相像呀！』

攝政公躊躇了一兩分鐘，於是很恭肅的說道，『對不住，先生，我有幾句話想問——』

『儘管問好了，賢卿。』

於是公爵問了許多關於朝廷，前王，王子，及公主的事。那孩子都對答如流，很少遲疑。他演述宮殿，前王的寢居及威爾斯王子的居處都一一無訛。

『那眞是奇怪；眞是不可思議，』是的，凡聽見的都那麼說。這似乎就可以順流而下的了結此事哪：康梯湯姆也是希望益高，誰知攝政公卻搖搖頭說道：『固然神祕是眞的——但這也不能證明誰是皇帝誰不是皇帝呀。證據還不充分。』此話一說出之後，康梯湯姆的不由冷下去一截。這時一個靠着寶座邊不知如何纔是，另一個也是手足無措。攝政公也是心內煩道：『國家不幸，怎麼弄出這麼一個謎來；說不定要裂國分土咧。』於是他轉過身來說：『湯姆斯爵士，抓下這——不慌，等一等！』他忽然面孔明亮起來，向破衣小童問道：『國璽在那兒？這個問題答覆了，啞謎兒也就解開了；因爲祇有威爾斯王子纔能回答！事情雖小，卻關係國家皇位之重哩！』

這個主意眞不錯。大家都互視不語表示首肯。是的，除了眞王子之外是無人能打破那失去的國璽的謎的，若這孩子是冒充的，那準得立時露出馬腳的。因此大家都心裏微笑着表示滿意，等着看這事如何收梢。不料那孩子卻立卽道出一番話來，是那麽肯定的，自信的，大家不由又驚又喜。他說：『這一點不難解決。』隨卽又使了一種像是慣用的命令口吻吩咐道：『賢卿聖約翰，你去到我宮內的私室裏——通前門最遠的左角上，緊靠地板處你可以尋到一個黃銅的釘頭；你用手一揿便會開出一個裝珠寶的小橱——那不但你不知道，天下也沒有一個人知道，只有我自己和我那可靠的銅匠。好在那兒第一樣東西落在你眼睛裏的，一定就是國璽——就將牠拿來。』

大家都奇怪他這一番話，更奇怪的是他以那份滑易的調子呼喚聖約翰公爵，一點也不怕認錯人，就像已認識他一輩子似的。那聖約翰驚奇得幾乎想立刻就遵命去行。甚至他已拔步要走，可是一個驚悟，不覺臉紅。康梯湯姆便轉身厲言道：『你幹嗎猶疑呀？你沒聽見皇帝的諭旨嗎？去！』聖約翰伯爵深深的行了一個禮——既不是對這個皇帝又不是對那個皇帝，卻是行於兩者之間的，然後他就去了。

此後，一班大臣們逐漸的離開康梯湯姆，蠕蠕動着竟向新來人那兒集攏去，只剩下湯姆一人冷清清的站着。正好此時聖約翰公爵已經回來。當他還遠遠在中道上走的時候，大家已經興奮待三三兩兩都停止了談話，全屋子裏只有一片死靜，伴着他的足步聲。每一個人的眼睛都釘牢在他的身上。他到了高臺前，停了一停，然後移步至康梯湯姆面前深深行了一個禮說道：『陛下，璽不在那兒！』

一聽見這句話，那班朝臣頓時掉轉背來就向回裏走，其迅速恐怕比躲避瘟疫病還要利害。不消一刻，眞皇帝又孤零零的站着，既無朋友又無擁護人，只像一個箭靶，集中在上面的完全是責備的恨火及惡狠狠的眼光。攝政公怒叫道：『將那小叫化抓到街上去，打着他穿城過鎭——這小雜種是沒計較的！』

禁衞軍正欲遵命上前；但康梯湯姆卻揮着手喊道，『回來！誰敢彈他一彈就是死！』

攝政公弄得沒了主意，只得又和聖約翰說：『你搜查仔細了嗎？——但那也是不必問的。這的確是件怪事。將小東西小事情忘了罷，也還情有可原；怎麼堂堂乎的一個英國國璽，也會不翼而飛，而且居然沒有人知道——那麼一大塊金的圓盤——』

康梯湯姆聽到這兒忽然一跳上前叫道：『停，那就够了！是不是那又圓——又厚——上面刻着花紋字母的？——啊喲，我現在纔知道你們亂成一片的國璽是甚麼東西了！假使你們早點說明白，那三禮拜前也可以找到哪，何必到今天。我恰恰知道那個東西在甚麼地方，不過最起先不是我放在那兒的。』

『那麽是誰呀，陛下？』攝政公問。

『就是站在那兒的他——英國的眞命天子。他一定會親自告訴你們在那兒——然後你們就知道他是眞知道一切的了。我的皇帝，你想一想——就是那一天你穿了我的破衣裳，刑罰那侮辱我的兵士，你最後幹了甚麽來着。』

室內一片沈默，沒人敢動一動身兒，講一講話兒，千萬隻眼睛都釘牢着那新來人的身上，他低着頭，交換着兩隻胳臂，努力要從如麻的回憶中理出一條小小的線索來——想出來了，立刻就可登上寶座，位尊九五，——想不出呢，那只好仍然做他的叫化貧兒。一分一分的過去了——那孩子仍然低頭沈思，毫無回響。到最後他深深的嘆了一口氣，搖搖頭，顫抖着嘴唇說道：『我將那天的事都想過了——可是想不起國璽的事。』他頓了一頓，抬頭一望，略帶嚴肅的說道：『各位賢卿，如果你們因爲我想不起這回事一定不要承認你們自己的君王，那我也沒有辦法，只好——』

『哦，我的皇帝，你發瘋哪！』康梯湯姆痛苦的喊起來：『等一等！——你再想啊！你不要放棄啊！——一定不會輸的！你來聽我一個字一個字的說——我來將那日早晨的事統統再說給你聽。我們不是談心的嗎——我講我的姐姐，蘭兒和貝特——啊對，你記得的；然後又說我的老祖母——以及垃圾場孩子們玩的遊戲等——這你也是記得的；好極了，你再聽我說下去，你一定甚麼事都會想起來的。你給我東西喫，而且您還客氣，怕我不好意思，便遣發了旁邊的傭人——好，這你也記得。』

當湯姆一件件回訴前情，另一個孩子點首承認的時候，在旁邊廣大的聽衆以及大臣們均驚異不置；故事就像是一段史實一般，只不懂何以王子與貧兒之間有了交涉。從來沒有像這麼一大隊人如此迷惘，如此興高如此呆木的。

『我的王子，你不記得嗎，我們爲好玩互換衣裳。我們站在一面鏡子旁邊；我們因爲是那麼樣的相像就說像沒有換衣的一樣——好，這你也記得後來你就留神我這被兵士弄傷的手——看呀，到今天我還不能寫字哩。後來殿下氣得了不得，立刻就跑出去和那兵士理論，當你跑過一張桌子的時候——那個你們叫國璽的東西就在那桌上的——你一看見就抓起來好似很招急要找個地方藏起來——你一眼就看到——』

『哦，夠了！——多謝上帝！』那破衣小孩忽地高聲叫出來。『我的賢卿聖約翰，快去，掛在牆上的盔甲裏你包能找到國璽！』

康梯湯姆也叫道：『我的君王，對了對了！如今英國又是你的了！聖約翰伯爵快去，用你的飛毛腿！』

整個的聽衆都起動了不安，難受以及興奮，幾乎叫各人發瘋。地板上，高臺上都突然迸出嘈嘈的談話聲亂成一片，誰也聽不見別人說甚麼，自己講的別人也莫想聽見。也不知過去了多少時候，只見最後聖約翰喘噓噓的跑來，全堂頓時死一般的靜，聖約翰直跑至高臺上雙手高高舉了大國璽；這一來全堂立刻高呼道：

『眞王萬歲，萬萬歲！』

約有五分鐘之長，空氣裏震動着號叫，歡呼以及樂器聲，衆人搖着手帕白成一片；其中一個英國最尊貴的人物，穿着破絮站在台中間，又快樂又驕傲的，接受左右前後大臣們的朝拜。

等大家起立之後，康梯湯姆又叫道：『我的皇帝收回你的皇服，賞回你僕人的破衣罷。』

攝政公卻開言道：『將這小賤奴綑起送到大堡去！』但新的眞皇帝卻說道：『我不許這麼做。我的皇冠未戴之前，別人誰也不能害他毫髮。至於你，我的好國舅，我的攝政公，你這種行爲也有點不義，我聽說你的公爵不是他給的嗎？』——攝政公不由臉紅——『而他還不是眞皇帝哩；那你的頭銜有何價値呢？你明天還得求他來向我說情，承認你的名份，否則你還是作你的伯爵罷。』

受了這麼一個打擊，攝政公不由頽然而退。於是皇帝又轉身向湯姆道：『我的孩子，怎麼你倒能記得我藏璽的地方兒，而我自己反忘了呢？』

『噢，我的皇帝，那容易懂，因爲我常用牠呀。』

『能用牠——卻不能說出牠的地方來嗎？』

『因爲我不知道他們要的就是那個。他們並不曾描述給我聽，所以我不知道了，陛下。』

『那麼你是個怎麼用法呢？』

湯姆聽問，不由臉兒一紅，眼皮兒一搭拉，不聲響了。皇帝催道：『說呀，好孩子，別怕。你把大英國璽究竟是怎麼一個用法呀？』

湯姆又楞了一會子，半日方呑呑吐吐的說道：『用了敲果子喫的！』

可憐的孩子，那鬨堂的大笑險些不將他轟碎。如果還有人對湯姆的皇位不放心的話，那麼聽了這句話也都釋然了。同時便將湯姆的新衣脫下，換在新的眞皇帝身上，再繼續完成了大禮，皇冕終於加在眞皇帝的頭上，一聲大礮，報告新皇接位，全倫敦都似乎因歡聲而震動了。

第三十三章　愛德華稱帝

我們上次說到漢登麻和小皇帝在倫敦橋上被擠散分開，及至漢登死命的掙扎出了人羣之後，發現衣服也亂得一塲糊塗，口袋裏最後的一點錢也給三隻手扒去。但不管如何他要尋到那孩子。大丈夫作事不可猶疑，因此他要尋孩子就非將他尋到不可。

那孩子會幹甚麼呢？會上那兒去呢？好罷——漢登心裏想——也許他會上他的老地方去，因爲他現在飄泊無依，不回家又待奈何？從他那套衣服以及那自命爲他父親的棍徒言行上看，似乎他們住在倫敦一處最卑賤的地方。那也許很難找，也許要花很長的時候嗎？不，又似乎很容易找到。他可以到人堆裏去找，他不用單單的找到孩子，遲早總會發現他的。因爲他總要自命爲皇帝甚麼的，幾句瘋話一說，還不是立刻就擁上多少人了嗎？到那時候，我漢登麻就去打倒幾個人，帶走我的小朋友，安慰他愛他，永遠不再分離。

如此想着，漢登果然依計而行。大街上小巷裏他一點鐘又一點鐘的往人羣裏找，結果一堆一堆人羣無盡，可是卻沒有孩子的蹤跡。這眞叫漢登麻很驚奇，可還不曾叫他失望。他心裏總想自己的主意是對的，不過需要的時候也許要超過理想的長罷了。

等夜色漸盡曙光又來時，他已走了好幾哩，也鑽了好些人堆，但唯一的結果只是不可忍的疲乏，饑餓和困倦。他想喫點早飯，但無處可得。求乞罷，當然不是他肯的；當寶劍罷，又不願意；當衣裳罷，誰又肯要？

到了中午他仍然在街上閒蕩——以爲那孩子一定會爲那種大賽會所吸引，因此他擠在人羣裏直跟着大巡行跑。凡大街小巷都跑到了。甚麼人堆裏也找到了，可是連影兒也不見。他不覺有的詫異起來。他胡思亂想的走着走着，不覺已走出城外天也大亮起來了。因爲天不是頂冷，所以他伸直了腿就在地上躺下，靜靜的思想。此時他倦意已深，又聽見遠遠一聲大礮響，自語道：『新王加冕了，』便立刻昏然睡去。他已經有三十年不曾好好睡過或休息過，因此他一覺直睡到第二日早晨。

他爬起身來，腿是跛的，身子是硬的，肚子是餓的，便在河裏洗了一個臉，喝了兩口水，然後向威斯明斯特走去，一路恨着費去太多時候。因爲肚皮餓他不得不改變他的主意；他想去找馬祿爵士借幾馬克再——但那爲現在已經够了，其餘的等以後再說。

約莫十一點鐘的當兒他到了皇宮，雖然有很多人都向同一方向走，可是沒一個人是可以問詢的。他望望這人望望那人，正在沒有主意。忽於此時我們那位鞭人童恰打這兒經過。他將他漢登上下瞧了一個仔細，自己說道：『如果這不是我們陛下放心不下的那個人，我就是頭驢子了。他同我們陛下所描寫的完全是一個人。我看可能找個機會和他講話。』

漢登恰好已回過身來，視線正對過着，他看出那孩子眼內如何滿了興趣的樣兒，不由跨上一步問道：『你剛從那宮內出來；你是屬於那兒的嗎？』

『是的，先生。』

『你可認識馬祿爵士嗎？』

那孩子一驚，自語道：『天，是我死去的爸爸呀！』便大聲答道：『很認識他，先生！』

『好極了——他在裏面嗎？』

『在裏面』——孩子答，又自己加了一句，『在墳墓裏面。』

『對不住你可肯勞駕代我帶個信兒進去？』

『樂尊台命，先生。』

『那麽你就說李卻爵士的兒子漢登麻現在在外面——我感激你極了，孩子。』

那孩子像是有一點兒失望，自語道：『皇帝沒叫他這個名字嗎，但不要緊，也許是那人的雙胞兄弟。』於是又大聲說道：『請進來站一會兒，你等我的回信。』

漢登便退至他所指的地方——原來這是宮牆裏面的一所小屋，爲哨兵下雨時用的。裏面有條石凳。但是他還未坐定，便見一羣執戟兵士擁簇着一位軍官從這兒路過。那軍官一眼看見他，便叫手下人都一齊站住，並叫漢登走出來。一走出來便被抓下了，當他是奸細。這事情就很糟糕了。可憐的漢登剛想解釋，那軍官便粗暴的阻止他，又叫他的手下搜查他身上。可憐的漢登自語道：『上帝保佑，看可能搜查些甚麽出來，可憐我早就搜過了，一樣也沒有，而我的需要還比他們更迫切哩。』

除了一張紙別的甚麼也沒搜出來。那軍官便接過去打開了，漢登一看認識是他失去的小朋友在漢登堂所塗的有三種文字的東西軍官唸那英文時忽然黑了臉而漢登卻嚇白了面孔，聽那人說道：『又是一個要求皇位的人！怎麼這些人像兔子一樣的一夜就都長出來哪。人來，將這野種抓下來，好好看着他，讓我將這張紙送進去給皇帝看。』

說完他如飛的跑進去了，留下漢登一人給兵士看守着。漢登不由自語道：『我惡運到了頭了。爲那一張紙明日我準是絞死！只可憐我那苦孩子怎麼過哪——噢只有上帝知道。』

過一會子那軍官又回來哪，跑得快極了；漢登趕快振起勇氣來預備好好的對付作個大丈夫。但那軍官卻命令手下人鬆了漢登，還了他的寶劍，而且還恭恭敬敬的說道，『請你先生跟着我。』漢登便跟着他走卻自己又說道：『若不因爲我是去就死及受審我眞要勸死這講假禮的傢伙。』

於是二人經過一個庭院，到了宮門口，在這兒那軍官又深深的鞠了一躬，將漢登交給另一個高級長官，他又以極大的禮數帶他穿過一極大的廳堂，兩旁都是漂亮的廷侍們屏着氣低頭致敬，（但一等漢登走過便大笑起來）如此又上一層樓，最後將他領至一間滿集英國貴族的極大的房子裏面，然後叫他脫下帽子，最後便讓他一人站在屋子當中，萬千隻眼睛都望着他。

漢登麻簡直迷惘到了極點。原來五步以外坐着那少年皇帝，上罩華蓋，正偏着頭和人說話哩；他心裏胡思亂想着正不得主意，忽然小皇帝頭一抬，漢登便瞧了一個飽。誰知不看猶可，一看幾乎不把他魂靈兒飛出天外！他不覺驚呼一聲：『喝，夢寐國的君王眞登了位哪！』他斷斷續續說了一些不成辭句的話，然後轉過頭來將屋內週遭望了一望，咕噥道：『但這明明是眞的呀——千眞萬確，——決不會是夢罷。』

他又望望皇帝——再低頭思想，『究竟是不是在做夢呀——他究竟是眞皇帝呀還是那小叫化呀——誰來代我解開這個謎呀？』

他忽然想起一個好主意，走到牆邊端過一張椅子，拿來放在地板上，自己便坐了下去！

忽地衆人都生了氣，一個很粗暴的手按在他身上道：『起來，沒規矩的東西——皇帝面前有你坐的嗎？』

這麼一來，上面小皇帝驚動了，他一伸手喊道，『別碰他，那是他的權利！』

大家都眼巴巴的退了一步莫明其妙。小皇帝又繼續說道：『你們大家聽着，這是我最忠實的僕人漢登麻，他用了他的那口寶劍，救了我的性命——因此我親口封他作武士。你們再聽着更因爲他爲我挨鞭子，保全我的尊榮，我封他爲英國的貴族作肯特的伯爵，另外再加賞金銀土地。除此他以後子孫中的長子都可侍立於英皇面前，永永遠遠。』

這兒有兩個人剛從鄉下趕來，纔到了五分鐘便聽見了這一段話，他們望望皇帝又望望漢登，再又看看皇帝，二十四分莫明其妙的樣子。那就黑格爵士和埃迪太太。但是那位新伯爵卻沒有看見他們。他還是目不轉睛的望着皇帝，喃喃自語道，『哦喲，我的天！這不是我的那小貧兒小瘋子嗎？這不是我要將七十間屋子二十七個僕人給他看我們家偉大的人嗎？這不是祇知道貧賤侮辱小叫化嗎？這不是收養了要訓他成名的嗎？哦，我我恨不得上帝賜個口袋讓我將頭套起來！』

於是他神志淸了一淸，連忙跪下來深深謝恩。這纔又立起身來退至一旁侍立着，大家望着他不由又羡慕又嫉妒。這時小皇帝已經看見黑格爵士，他雙目烱烱的怒聲說道：『將這盜竊名份財產的強盜押起來等我以後再發落。』

黑格爵士便給領走了。

這時屋子的那一頭又熱鬧起來了；只見大家讓出道兒來，原來康梯湯姆穿着古怪而富麗的衣服由一人領着進來。他雙膝跪倒在皇帝面前，皇帝說道：『人家已經告訴我你這過去數星期內所幹的事，我很喜歡。你以仁慈溫柔治理了國家。你已尋到你的媽媽姐姐了嗎？；好你好好照呼他們，如果你同意法律認可的話你父親應該絞死。你們聽着，從今天起凡是收養在基督醫院的人都該有身心一致的教養，這孩子我着他在裏面作個頭腦。又因爲他曾經一度作過皇帝，所以他禮應受敬禮，看了這一套特製的衣服，你們可以認識他，隨時見了他都該行禮不得有違。別人誰也不許抄襲他的衣樣。我賜他一個尊貴的名銜叫作「皇帝的守衛」。』

驕傲而又快樂的康梯湯姆起來吻了皇帝的手，便又帶出去了。他一點也不躭擱，飛跑過去他媽媽姐姐那兒報喜信去了。

結束　賞罰分明

當一切疑雲都掃清之後，經過黑格的承認，方知埃迪之不認漢登麻完全是黑格的壓迫，他聲言如果她不背棄漢登麻，那麼他要留下她的性命但把漢登麻害死！因此埃迪沒有法子只好履行他的話。

因爲弟弟和妻子不願意起訴，因此黑格雖盜竊名份和財產卻不曾因此定罪。他丟了他的妻子渡海到大陸了，後來客死異鄉；結果漢登娶了埃迪。當一對新人第一次到漢登堂時合村人狂歡大喜，那一份大喜就不必提了。

康梯湯姆的父親此後就沒了音信。皇帝又找出那被迫爲奴的農夫，使他過個安康的生活。他又救出獄中的老律師發還他的罰款。他又給那兩個在柱上燒死的浸禮會婦人的女兒安置一個舒適的家；他又刑罰了那鞭打漢登麻的官吏。他又救了那誤捉別人鷹的小孩，及偸布的婦人，可惜不會救到那偷御鹿的人。他對那次審他自己偷小豬的法官表示感激，以後升了他的官。

當皇帝活着的時候他總愛講他這一段冒險的故事，從被宮門口的兵士打出去時起一直到最後的一夜如何與工人混進威斯明特教堂，在墳洞裏睡了半夜如何第二日趕上了加冕典禮。他說常將故事提起可以加強愛民的心，因此他總要重述那故事，以自警惕。

康梯湯姆和漢登都是小皇帝生前的寵臣，及小皇帝死後他們很悲哀。至於肯特公爵的侍立於英皇前的特權也是一直保存下去的，直至以後內戰時纔罷免了。

康梯湯姆活到很老，是個很漂亮白頭髮的老人，樣子很嚴肅的。他生時一直被人尊敬，只要人一見他那套古怪的衣裳便會向他行禮讓道兒給他，竊竊私語着說『脫帽呀，他是皇帝的守衞呀！』——他便報之以一笑，別人都很尊重的，因爲他是一部榮譽的歷史。

但是皇帝愛德華六世沒活幾年就崩駕了，可憐的孩子，但他過得很有價值的。有時爲改變法律的事朝臣和他爭論，他總是滿含憐恤，很悲傷的說道：

『你知道甚麼壓迫和痛苦呀？只有我同我的百姓知道。』

在那種暴厲的時代，只有愛德華一朝是比較和柔的一朝。我們應該常常想到他。

中華民國二十六年十一月初版

朱

世界文學名著 王子與貧兒一冊 (81172)

The Prince of the Pauper

每冊實價國幣捌角

外埠酌加運費匯費

原著者 Mark Twain

譯述者 南京金陵女子大學 李葆貞

發行人 上海河南路 王雲五

印刷所 上海河南路 商務印書館

發行所 上海及各埠 商務印書館

(本書校對者沈鴻俊)